第三章　罪

1

昭和四十九年一月

わたしは助手席に、身体《からだ》を投げ出した。力任せにドアを[illegible]、脂《やに》臭い空気を震わせた。

「おつかれさん」

小野寺《おのでら》が、ラークの箱を差し出した。わたしは一本取[illegible]小野寺が、金張りのライターで火を点《つ》ける。顔が炎に照らされた。

「ライター、換えたの？」

「デュポン。ジッポは田舎臭くて駄目だ」

わたしは、煙を吐き出した。シートにもたれ、目を閉じる。

「ヒーター、消してくれない？」

「熱いか」

小野寺が、左手をキャビネットに伸ばし、ヒーターのスイッチを切った。送風音が消え、エンジンの振動だけが残った。ギアの入る音がして、車が動きだす。

「ここ、ちろりん村っていうんだってな」

「なに、それ」

「知らねえ。でもよ、なんか似合ってるって気がしねえか」

わたしは目を開けた。

メインストリートに並ぶ建物は、形も大きさも色合いもばらばら。城郭風あり、西洋の宮殿風あり、意味不明のものあり。

はじめてこの地を目にしたときを思い出す。小野寺のクーペに乗り、寄り道をしながら、三日かけての旅だった。京都から逢坂山《おうさかやま》を越え、浜大津《はまおおつ》を抜け、琵琶《びわ》湖を右手に眺めながら国道一六一号線を北上しているとき、水田の広がる平野の彼方に、建物の群落が現れた。その建物はみな、見たこともないような奇妙な形をしていて、わたしは遊園地でもあるのだろうと思った。しかしそれこそ、小野寺が話していた、雄琴《おごと》のトルコ団地だった。大正寺《たいしょうじ》川と琵琶湖西岸に面する一角が、トルコ風呂許可地域になっているとかで、当時すでに十軒のトルコ風呂が林立していた。いまも新しい店の建築が至るところで進んでいて、一年後にはトルコ風呂だけで四十軒を超すらしい。

この一帯にまともな民家はない。あるのはトルコ風呂と、その従業員とトルコ嬢が住むマンションやモーテル、ヒモがたむろする麻雀屋《マージャンや》、そして彼らの胃袋を満たすレストランだけだった。

「ちろりん村……ね」

車が、雄琴のメインストリートから、国道一六一号に出た。ここを左折して大正寺川を越えたところに、四階建てのマンションがある。土地成金となった農家が、トルコ嬢目当てに建てたものだそうだ。そこの二〇二号室が、わたしと小野寺の住処《すみか》だった。六畳と四畳半の居間に、四畳程度の板張りのダイニングキッチン。バス・トイレ付き。わたしは六畳の部屋を使い、小野寺が四畳半で寝起きしていた。

マンションに戻ってから、きょうの稼ぎ分を小野寺に渡した。小野寺がそれを数えてから、自分の四畳半の部屋に向かう。わたしは水道水を一杯飲んでから、六畳の部屋に入った。衣服を脱いで、ベッドに俯《うつぶ》せになる。ほどなく小野寺も入ってきた。ベッドに乗り、わたしのマッサージを始めた。肩、背中、腰、腿《もも》、ふくらはぎ。疲れが揉《も》み出され、ベッドに吸い取られていく。

「どうする？」

小野寺の声。

「寝る」

「エアコンは？」

「つけたままにしておいて」

小野寺がベッドをおりた。わたしの身体に布団をかけて、電気を消した。部屋を出ていく気配。わたしは息を吐く。

また一日が過ぎてしまった、と思った。

正午近くに目が覚めた。じっとりと汗をかいていた。喉《のど》が痛い。エアコンを消し忘れたらしい。下着の上にセーターを被り、エアコンのスイッチを切ってから、部屋を出た。

キッチンの食卓に、書き置きを見つけた。冷蔵庫を開けて、ラップに包まれたサンドイッチを取り出した。ラップを剝《は》がし、サンドイッチを頰《ほお》ばる。卵焼きと刻んだキュウリに、マスタードをたっぷり効かせたマヨネーズ。小野寺は見かけによらず、料理上手だった。殊に魚を捌《さば》くときの包丁づかいは、なかなかのものだ。

冷蔵庫から牛乳パックを出し、喉に流しこんだ。牛乳が口の端から溢《あふ》れた。口のまわりを掌《てのひら》で拭《ぬぐ》う。トイレを済ませてから、セーターと下着を脱ぎ、シャワーを浴びた。

胸にバスタオルを巻いて、浴室を出た。少し迷ってから、コップに水道水を満たした。冷蔵庫から、〇・一グラム入りのパケと、耳かきと、注射器を取り出す。耳かきを使い、パケから米粒くらいの塊をすくいあげ、注射器の中に落とした。中筒の棒をコップの水に浸してから、注射器にセットし、塊を押し潰《つぶ》す。コップに針を浸《つ》けて水を吸い上げ、筒を指で擦《こす》る。左の上腕をタオルで縛り、血管を指で叩く。右手に注射器を持ち、怒張した血管に針を添える。

ああ、また打とうとしている。だめだな。

一瞬の呵責《かしやく》を消し去り、針を血管に突き通す。中筒の棒を引くと、血液が逆流して、注射器が赤く染まった。口でタオルを外してから、中筒をゆっくりと押しこむ。

目を閉じる。

足もとが冷たくなる。

鳥肌が立つ。

髪がざわりと波打つ。

身体が宙に浮かぶ。

目を開けた。

世界が鮮明になった。

ドアに小野寺が立っていた。今朝いちばんで銀行に行き、きのうの稼ぎ分を預け入れてきたはずだ。小野寺が、自分の部屋に入った。金庫の扉を開閉する音が聞こえる。すぐに戻ってきた。

「お、やってるな」

「ちょうどいいや。俺も」

小野寺が、慣れた手つきで準備をして、自分の腕に注射した。窪《くぼ》んだ目が、爛々《らんらん》と輝き始める。鼻息が荒くなる。

「わたしたち、打ちすぎじゃないかしら?」

「このくらいは平気さ。ほんもののポン中は、一日に二回も三回も打つものだ。それにシャブが身体によくないのは、食事をとらなくなるからだ。ちゃんと食べていれば、気にすることはない」

「きょうもまた麻雀?」

「ああ」

「よく飽きないわね」

「ほかにすることがないからな」

「そうかしら」

わたしは、胸のバスタオルを外して、床に落とした。

小野寺がにやりとして、わたしを抱きあげた。六畳の部屋に入り、ベッドに倒れこんだ。


店の手前の角で、小野寺のクーペを降りた。

通りを歩いていると、似たような二人が、似たような光景を演じている。車はみな国産高級車か外国車。男はイタリアかフランス製のスーツに、何万もしそうなシャツを着こんでいる。

わたしは、黒地に金文字で「帝王」と大書された看板をくぐった。「帝王」は雄琴に来て最初に面接に行った店だった。面接したマネージャーは五十代の女性。金髪に厚化粧で、豊満な肉体を紫色のラメ入りワンピースに包んでいた。わたしが中洲《なかす》の南新地《みなみしんち》で働いていたと告げると、鼻からタバコの煙を噴いて、

「あそこは遅れてるからねえ」

と、不機嫌な声を漏らした。

これにはわたしもかちんときて、実際に自分の技術を見てくれと迫った。そこで、マネー

ジャー補佐である四十代半ばの男を相手に、実演することになった。マネージャー補佐は十分もしないうちに射精してしまい、わたしはめでたく採用となった。源氏名《げんじな》は、雪乃《ゆきの》にしてもらった。わたしの相手をしたマネージャー補佐は、クビになった。

採用とはなったが、トルコ嬢間の競争は厳しく、ナンバーワンにはなれなかった。マネージャーの話では、雄琴にはススキノ、川崎、横浜、千葉など、全国のトルコ風呂先進地域からベテラントルコ嬢が集結していて、毎日のように新しい技が編み出されているという。中洲の「白夜」でナンバーワンになれたわたしも、ここではその他大勢の一人に過ぎなかった。もっとも、ナンバーワンになれなくとも、収入は倍増した。客一人あたりの単価が高いうえ、一日にこなす数が半端ではなかったのだ。

この日の一人目の客は、地元の土地成金だった。腹の出たハゲで、笑うと金歯が光った。一通り済んだとき、このハゲがにやにやしながら、

「どうや。手当を三十万あげるから、わしの愛人にならんけ」

と言いだした。

「うちの人に聞いてからね」

そっけなく答えると、とたんに面白くなさそうな顔をして、

「なんや、ヒモ付きかいな。ほな、別の探そ」

と、さっさと帰っていった。この御仁《ごじん》はトルコ嬢のあいだでは有名人だそうで、やたらと愛人を囲いたがるという。噂《うわさ》によると、奥さんは奥さんで、京都で若い男を買い漁《あさ》っているとか。

二人目の客は、出張で大津に来ているサラリーマン。一見すると真面目そうなタイプだが、出張先では必ず地元のトルコ風呂を訪れるという好き者だった。わたしが博多《はかた》の南新地から移ってきたと言うと、博多のトルコ嬢は情が濃くて最高だったと誉めてくれた。わたしも嬉《うれ》しくなって、うんとサービスをした。

三人目は外回り中の営業マン。身体は細く、顔は青瓢簞《あおびょうたん》のようで、若いのに愚痴をこぼしてばかりいた。そのくせベッドインとなると、あれこれと横柄に命令して、乱暴に扱おうとする。さすがに痛くなって、優しくしてくれと頼むと、こんどは逆上しそうになる。もう少しで店の男の子を呼ぼうかと思ったほどだった。

四人目は、一目でそれとわかるスジ者。どうせどこかのトルコ嬢のヒモで、暇にあかせて来ているのだろう。仕事柄というのも変だが、この手のタイプは女性に優しい。チップも弾んでくれる。わたしも肩の力を抜いてプレイできた。

五人目も似たようなタイプだったが、何度か指名してくれている常連だった。しきりに外で会おうと持ちかけてくる。どうやら、ヒモに取り入りたいらしい。わたしが、やんわりと

断ると、

「オレ、あんたのヒモ、知ってるぜ。あんたは知らんだろうが、山科《やましな》のマンションに女を囲っている。しかも十九歳の素人娘、女子学生だ」

ときた。誰がそんな話を真に受けるか。

いつも五人目を終えるあたりから、疲労が溜《た》まってあそこが痺《しび》れ、足腰が重くなってくる。

六人目は酔客だった。顔を赤くした四十がらみのサラリーマン。酒が入っているわりには、おとなしく帰っていった。

七人目も酔っぱらい。五十過ぎのデブ。祇園《ぎおん》で同僚と飲んでいて、タクシーを飛ばしてここまで来たという。偉ぶっていて、いちばん嫌いなタイプだった。

八人目は素面《しらふ》で、ほっとした。若くて学生らしかった。場慣れしていないのか、終始どぎまぎしていた。

九人目はまた酔っぱらい。声も態度もでかい。きょうは厄日だ。

十人目。酔っぱらい。この時間になると、素面の客を期待するほうが無理か。酒臭い息が顔にかかるたびに、死ね、と心で叫んだ。精神的にも肉体的にも限界だったが、表面では笑顔をつくった。

十一人目。若い酔っぱらい。潰れる寸前で、脱衣所に入るなり眠ってしまった。こちらも

仕事だから起こそうとしたが、駄目だった。終わりの時間が来てしまい、そのことを告げると、

「きょうこそ童貞を捨てたかったのに」

と、泣きだした。

わたしは口では慰めながら、やれやれ助かったと、こっそり舌を出した。

最後の客を送ってから、入念にシャワーを浴びて、泡踊りで使ったローションを洗い流す。これが肌に残っていると、たちまち荒れてしまう。

仕事着からまともな衣服に着替えるころには、精も根も尽き果てていた。きょうの稼ぎ分をマネージャーから手渡され、店を出たのが午前二時。店から三十メートルくらい離れた路上に、小野寺のクーペが待っていた。近づくと、ドアが開いた。わたしは深く息を吐きながら、助手席に身体を投げ出した。

「おつかれさん」

小野寺が、ラークを差し出す。わたしは首を横に振った。小野寺が、ラークを引っこめた。

車が発進する。

「知ってるか、ここ、ちろりん村って呼ばれてんだってさ」

「なにそれ」

「知らない。でも、なんか似合ってるじゃねえか」

「ちろりん村ね」

わたしは、車窓の外に目をやった。

「その話、前にもしなかった?」

「そうかな。したかな」

「したわ。二回目よ」

いや、三回目だったかも知れない。

どうでもいいか……。

「明日の休みはどうする? また琵琶湖を回るか?」

「もう飽きた」

「京都見物は?」

首を振る。

「疲れたか?」

「当たり前でしょ」

「稼ぎは?」

「十五万、チップも入れてね」

小野寺が口笛を吹く。

「口笛を吹かないで」

「わるい」

「今月いくら稼いだ？」

「二百五十万は超えた」

「新記録？」

「間違いない」

「疲れるわけね」

「シャブ、新しいの仕入れておいたぜ。こんどのはいいぞ。水に落とすと、しゅるしゅる音をたてて走りやがる」

小野寺が愉快そうに言った。

わたしはシャブよりも、一カ月くらいのんびりしたい、と思った。

正午を過ぎてもベッドを出なかった。食事もとらず、布団にくるまっていた。小野寺がしつこく求めてきたが、拒んだ。小野寺は機嫌を損ねて、出かけていった。また麻雀か、トルコ風呂にでも行ったのだろうか。せっかくの休みに相手をしてあげられなくて悪いと思ったが、身体が言うことを聞かなかった。

電話のベルが鳴った。居留守を決めこむことにした。小野寺からだったら、シャワーを浴びていたと言い訳しよう。

ベルは鳴り続けている。耳に障ってくる。

ベッドをおりた。セーターを被り、キッチンに出て、受話器を取る。

「誰?」

『雪乃か?』

目を見開いた。聞き覚えのある声。懐かしい声。

まさか……。

「赤木さん?」

『憶《おぼ》えていてくれたか』

「赤木さん? ほんとうに赤木さんなの?」

『ああ、赤木だよ。起こしちまったようだな』

「だいじょうぶです。起きようと思ってたところですから」

『元気そうだな、雪乃。いや、いまはどんな名前で出てるか知らないが』

「いまも雪乃です。赤木さん、お元気でしたか? いまも北海道で?」

『ああ、おかげさんでな。北海道で、地味に暮らしてるよ。雪乃は？』

「なんとか……」

『よかった。ほっとしたぜ』

「よくここがわかりましたね」

『綾乃《あやの》に聞いていたんだ』

「ああ、綾乃姐《ねえ》さん！　懐かしいなあ。どうしてるだろう。すっかりご無沙汰《ぶさた》してるけど」

『あのなあ、雪乃……』

赤木の声が、低くなる。

わたしは、無意識のうちに、身を固くしていた。

『綾乃は……死んだよ』

息が止まった。

「うそ」

『雪乃にだけは、知らせておいたほうがいいと思ってな』

「うそでしょ……うそよ、赤木さんまた……冗談にしちゃ酷《ひど》すぎるわよ、ほんとうにっ」

『冗談じゃないんだ』

黒い電話機を見おろした。ダイヤルの数字を目で追っていく。心臓の鼓動が徐々に激しくなる。

『雪乃？』

「……どうして」

『男に刺されたそうだ』

息を吸いこんだ。

『浅野《あさの》輝彦《てるひこ》を憶えてるか？』

「浅野？」

『「白夜」にいた若いやつだ』

脳裏に、床磨きをしている若い男の横顔が浮かんだ。二十歳そこそこだったろうか。仕事ぶりは真面目だったが、無口で、仕事以外で言葉を交わした憶えはない。そういえば、綾乃が「白夜」を辞めたすぐあとに、浅野も店に来なくなった。

「あの浅野くんが、綾乃姐さんと……？」

『仙台のマンションで、いっしょに暮らしていたらしい。あのころから付き合っていたのか、店を辞めてから付き合いだしたのかはわからん。たぶん、店を辞めてからじゃないかな』

「でも、どうして浅野くんが……」

『浅野のやつ、シャブに手を出してやがった』

背すじに冷気が奔《はし》る。

『シャブで頭がいかれちまってな……マンションの外まで綾乃を追いかけて、道の真ん中で刺したそうだ。綾乃は胸を刺されて、ほとんど即死だったらしい』

「……綾乃姐さんも、シャブを？」

『いや、綾乃は、やっていなかったようだ』

綾乃自身がシャブを使っていなかったことは、せめてもの救いだった。

『雪乃？』

「いつですか、綾乃姐さんが亡くなったのは？」

『二週間前だそうだ。じつは最近になって、綾乃の夢を見てな、あんまりいい夢じゃなかったんで、ずっと気になってたところに、吉富《よしとみ》から電話があった。浅野がシャブ中になって綾乃を刺したらしい。きょう警察が店に来て、綾乃と浅野のことを調べていった。そっちにも警察が行くかも知れないから、店には関係ないと言ってくれ、ってな。関係も何も、「白夜」ではシャブ厳禁だった。浅野だって、あのころは使っていなかったはずだ。シャブをやっている奴は、目を見ればわかるからな』

「……浅野くん、いまは？」

『警察にいる』

「…………」

『こんなこと、伝えたくはなかったんだが』

「いえ……ありがとうございました」

『雪乃、おまえも無理するなよ。雄琴は忙しいって聞いてるけど、シャブにだけは手を出すな』

「…………」

『おい、まさか、雪乃……』

「いえ、わたしは、だいじょうぶです。『白夜』で赤木さんに教えられたことを、ちゃんと守っていますから」

『そうか。それならいい』

「すみません、ご心配かけて」

『水くさいこと言うな。いいか、雪乃。なにか困ったことがあったら、遠慮なく言うんだぞ。いつでも飛んでいってやる。住所と電話番号を言っておくから、控えてくれ』

赤木に言われるまま、メモ書きした。

『……雪乃、おれはな』

「はい」

『おまえのことが、好きだったよ』

「うん」

『だから、おまえには、幸せになって欲しいんだ』

「……ありがとう、赤木さん」

受話器の向こうから、鼻を啜《すす》る音が漏れてきた。続いて、無理につくったような笑い声。

『すまねえ。似合わねえこと口にしちまった』

「そんなこと、ないです」

『まあ、そういうわけだ。せいぜい達者でいてくれよ』

「赤木さんも、お元気で」

『ありがとよ。じゃあな』

「さようなら」

静かに切れた。

わたしは、自分の部屋に戻り、鏡台の抽出《ひきだし》から手帳を出した。住所録を開けて、電話機に戻る。スミ子の実家の番号を確認しながら、ダイヤルを回した。

呼び出し音が四回鳴って、相手が出た。

『はい』

中年女性の声。聞き覚えはない。

「斉藤さんのお宅でしょうか？」

『そうですけど』

「……わたしは、スミ子さんの中学の同級生で、川尻という者です。スミ子さん、ご在宅ですか？」

『何のご用？』

「あの……同窓会を開こうって話が出ているので、その案内を」

『スミ子は、死にました』

目を閉じた。唇を噛《か》んだ。

「亡くなったのですか……」

『ええ、親の顔に泥を塗って、死んでいきましたっ』

切れた。

受話器を耳から離し、電話機に戻した。動けなくなった。

手紙を書くと約束したのに、転居通知を出したきりだった。電話もしなかった。まだ半年も経《た》っていないのに、綾乃の顔を思い出すことさえ、なくなっていた。

わたしは、へたりこんだ。

泣いた。

涙が涸《か》れてから、部屋の中を見渡した。乱れたベッド。脱ぎ散らかした下着。仄《ほの》かに漂う、自分たちの体液の匂い。冷蔵庫には覚せい剤。明日になればまた店に出て、十人以上の見知らぬ男に身体を売る。疲れて部屋に戻り、目が覚めたらシャブを打って、小野寺と抱き合って、店に出て客を取る。ずっとその繰り返し。仕事をしている充実感など、かけらもない。心と身体を、ひたすら摩耗していく毎日。


こんなところで、なにやってんだろ、わたし。


その夜、小野寺は帰ってこなかった。

わたしは一晩中、食卓の椅子に座ったまま、ぼんやりと過ごした。

窓の外が、明るくなってきた。

一条の朱色が、射《さ》しこんでくる。

静かに漂う埃《ほこり》が、光に浮かんだ。

朝日を浴びるのは、何年ぶりだろう。身体は干からび、神経が擦り切れていたが、食べようとも眠ろうとも、思わなかった。シャブを打てば、一発で気分爽快《そうかい》になる。それはわかっていたが、綾乃を殺したシャブを、この身体に入れる気には、ならなかった。赤木に嘘《うそ》をついた、後ろめたさもあった。

午前十時過ぎになって、マンションのドアが開いた。小野寺が鼻歌まじりで現れた。

小野寺がわたしを見て、気まずそうに笑った。

「なんだ、起きてたのか。早いじゃねえか」

小野寺が、流しで口をすすいだ。痰《たん》を切り、排水口に吐き出す。備え付けのタオルで口を拭った。

「どうした、元気ねえな。まだ打ってないのか、こんどのは抜群だぜ。水に落とすとしゅるしゅる音が……」

「ねえ、小野寺」

「なんだ」

「話があるの。ちょっと座って」

「どうしたんだよ?」

小野寺が鼻を鳴らして、正面の椅子に座った。わたしの顔をちらと見て、目を伏せる。

「なんだよ、そんな硬い顔して」

「あのね、わたしもう、辞めようと思うんだけど」

「なにを？」

「仕事よ。トルコ嬢」

小野寺の眉《まゆ》が、すっと上がった。

「辞めてどうする？」

わたしは、両肘《ひじ》を食卓に突き、身を乗り出した。

「小野寺さ」

「おう？」

「調理師の免許を取る気ない？」

「調理師？」

「それで、二人で小料理屋を開くの。小野寺が料理をつくって、わたしが接客するわ。もちろん、わたしも調理師の免許を取って、料理するわよ。そうすれば、儲《もう》けは知れてるけど、二人で息の長い商売ができる。ね、いい考えでしょ」

小野寺が、横向きに座り直した。背もたれに肘を乗せる。

「店を出すには金がかかるぞ」

「そのくらいのお金は貯《た》まっているでしょ。三千万円はあるはずよ。それだけあれば小さな店くらい……」

小野寺が目を逸《そ》らす。

わたしは自分の顔から、血の気が引いていくのがわかった。

「小野寺」

声が震えた。

「なんだよ」

「預金通帳、見せて」

「いまか？」

「そう。いますぐ」

「どうして？　金のことは俺に任せるって言ったじゃねえか」

「確かめておきたいの、いまいくらあるのか」

小野寺が、ため息を吐《つ》く。舌打ちをする。

「早く見せてっ」

小野寺が、渋りきった顔で、腰をあげた。自分の部屋に入り、ほどなく戻ってくる。手には預金通帳。わたしの前に放り投げた。

わたしは通帳を開いた。

並ぶ数字を見つめる。

目をあげる。

小野寺は、ふてくされたように横を向いていた。

「なに、これ？」

「通帳だよ、見りゃわかるだろ」

「そんなこと聞いてるんじゃないの、どうして預金残高が減ってるのよっ！」

わたしは立ちあがった。椅子が後ろにひっくり返り、大きな音をたてた。

小野寺が、横目で睨《にら》みあげた。

「しょうがねえだろっ、とにかく世の中は不景気で、何もかも値上がりしてる。ここの家賃だって払わなきゃならないし、シャブだって高いんだぞ」

「もっともらしい理屈並べたってだめよ。毎月二百何十万も収入があったのよっ」

小野寺が、不機嫌な唸《うな》りをあげる。

「そんな声を出したって誤魔化されないわよ。何に使ったの？」

小野寺が、歯を剝き出して、笑顔をつくった。

「悪いな、麻雀で負けて」

「ふざけないで！」

「ほんとだよ、ほんとうに麻雀で……」

「女ね」

小野寺の笑顔が、固まった。

「わたしのほかに、女がいるのね、その女に注《つ》ぎこんだのね、そうなのねっ」

「おい、おい、なに言ってんだよ。そんな女、いるわけねえだろうが。毎日いっしょにいるのに」

「山科のマンションに、十九歳の女子学生を住まわせているんだって？」

小野寺の顔が、蒼白《そうはく》になった。

わたしは、小野寺の反応に、戸惑った。笑い飛ばされるとばかり思っていた。ばかばかしい、わけのわからんことを言うな。そんな言葉が返ってくるはずだった。

それなのに、この小野寺の青ざめた顔は……。

「……そうなの？ ほんとうに、そうなの？ わたしがほかの男に抱かれているあいだに、ほんとうに峠を越えて、そんな女に会いに行っていたの？」

「いや……それはだな、そうじゃなくて」

小野寺の目が忙《せわ》しなく動く。どうしたらいいのか、わからないでいる。

わたしは床に泣き崩れた。

「ひどい……わたしの身体で稼いだお金を、そんな小娘に注ぎこんで……わたしを何だと思ってるのっ！　馬鹿にしないでよっ！」

　小野寺が、わたしの横にしゃがんだ。わたしの肩を抱いた。

「悪かったよ、すまなかった」

「さわらないでっ！」

「もう浮気はしない。あんな小便くさい女とはきれいさっぱり別れる。これからはおまえだけだよ。だから、あと一年だけ、やれよ。こんどこそ貯めておくから。そうしたら、いっしょに小料理屋を開こう、な」

「もういや。できない。わたし、疲れたのよ。肌だって荒れてきたし、体型だって崩れてきてるし」

「雪乃はまだまだいける。あ、そうだ」

　小野寺が立ちあがった。冷蔵庫から、注射器とシャブを出した。いつものように注射器に入れ、中筒で潰し、水道水で溶かす。

「雪乃、いくら疲れてても、これさえ打てば元気が出る。な、いつもの雪乃に戻れよ」

　小野寺が針を上に向けた。先から液体が飛んだ。

　わたしは、首を振りながら、後ずさった。

「もういや、打たないで……シャブはもういい……」

小野寺が、信じられないという目で、わたしを見る。

「どうして？　こんどのは最高なんだから、いままでとは違うんだから」

「もういやなの……シャブはもういやなのよっ」

小野寺が、わたしの腕をつかんだ。

「とにかく一度試してみろって、絶対気に入るから」

「いやっ、放して」

「おとなしくしろっ」

「いやあっ！」

わたしは小野寺の顔を引っ搔《か》いた。

小野寺が悲鳴をあげた。わたしは小野寺の手を逃れた。

「雪乃、このやろうっ」

わたしは食卓を回って、流しに飛びついた。足もとの扉を開け、木の柄をつかんで引き抜く。ずっしりとした手応《てごた》えを目の前に掲げ、小野寺と対峙《たいじ》した。

小野寺が、口の端を曲げて、にたりとする。

「ほお、出刃包丁とおいでなすったか」

わたしは肩で息をしながら、小野寺を睨んだ。

「こりゃ面白《おもしれ》え。やってみろよ、刺せるもんならやってみろよ」

わたしは小野寺に向かって走った。目を瞑《つむ》って包丁を突き出した。

「男をなめんじゃねえ」

手首をつかまれ、ねじられた。動けなくなった。目の前に、小野寺の顔。

「おら、どうした？　そんなへっぴり腰じゃ、人は刺せねえぞ、おら」

悔しくて涙が溢れた。小野寺の顔に唾を吐いた。粘液が小野寺の頬に垂れる。

小野寺が、哀れむような目で、わたしを見た。

「潮時だな、俺たちも。悪いけど俺は、その山科の女子大生、利香子《りかこ》っていうんだけどな、彼女のところに行かせてもらうよ。利香子も俺といっしょに住みたいって、前から言ってくれてたし、俺も利香子となら、長くやっていけそうな気がする」

小野寺の瞳に、悪意が光る。

「利香子はな、おまえと違って、素直なんだよ、健気《けなげ》なんだよ、清純なんだよ。わかるか？　だいたいおまえはさ、トルコ嬢のくせに生意気なんだよ。売女《ばいた》がいい女ぶって、カッコつけやがって。この際おまえも、新しい男を見つけてやり直したらどうだ？　じつを言うと、おまえを譲って欲しいって話があってな。そいつに話を通しておいてやってもいいぞ。それがお互いのためだ。な、そうだろ？」

「ちっくしょう……殺してやる、殺してやるぅ……」

「馬鹿が」

手首を締めあげられた。指から力が抜けていく。包丁が手から離れる。床に落ちる。

次の瞬間、小野寺が、大きく口を開けた。悲鳴が迸《ほとばし》った。わたしを突き放した。

手から落ちた包丁の切っ先が、小野寺の足の甲に刺さっていた。小野寺がしゃがみこみ、包丁を引き抜いた。血が滴った。

「いでえ、くっそう、いでえっ!」

小野寺が、足を押さえて、のたうち回った。床に、引き抜かれた包丁が、落ちていた。先端が赤く染まっていた。わたしは、拾いあげた。両手で握った。思い切り振りかぶった。

「雪乃、雪乃、医者、医者を呼んでくれ、おい……」

見あげる小野寺の顔が、凍りついた。わたしは、叫びながら、打ちおろした。首と右肩の境目に、刃が食いこんだ。両手で柄を握ったまま、引き抜いた。尻餅《しりもち》をついた。小野寺の首から、鮮血が噴きあがった。小野寺が、目を剝いた。口をぱくぱくと動かした。スローモーションのようにゆっくりと、横倒しになった。心臓の拍動に合わせて、血が溢れ出た。

「きゅ……救急車……」

弱々しい声が、漏れてきた。

小野寺の手足が、痙攣《けいれん》を始めた。

やがて、それも、止まった。

静かだった。

床や壁に、赤い飛沫《しぶき》が、散っていた。

足もとには、大きな血だまり。

わたしは、小野寺の傍らに、しゃがんだ。

「小野寺……小野寺？」

小野寺は、答えなかった。

わたしは、立ちあがった。包丁を床に投げた。ごとりと音がして、転がった。息を吐いた。震えていた。


終わっちゃったな、わたしの人生。


血に染まった下着を、脱ぎ捨てた。浴室に入って、鏡を見る。青白い顔で、長い髪を振り乱し、目を吊《つ》りあげ、口を半開きにした女が、映っていた。頬には血が、こびりついている。

シャワーを浴びて、血を洗い流した。浴室から出ると、汚臭が漂っていた。血に染まった小野寺は、まだ目を見開いて、倒れている。瞼《まぶた》だけでも閉じてあげようかと思ったが、やめた。

自分の部屋に戻り、ドライヤーで髪を乾かした。新品の下着をつけ、化粧をする。洋服ダンスを開け、服を選んだ。タンスの隅に、灰色のジャンパーが掛かっていた。引っぱり出す。徹也《てつや》のお古。博多で着ていたもの。まだ捨てていなかったのだ。

あのころは、よかったな。

お金はなかったけれど、徹也がいてくれた。ときどき乱暴されたけど、徹也はわたしを必要としてくれていたし、わたしにも徹也が必要だった。いまから思えば、互いの傷を舐《な》め合うような日々。それがどうして、こんなにも甘美なのだろう。わたしの胸で、子供のように泣きじゃくった徹也。ほかの男と寝たり、覚せい剤を打つことで、刹那《せつな》の快楽は得られたが、あのときほど満ち足りた気持ちになることは、とうとうなかった。

服を決めた。ボトムはジーパン、トップは白いブラウスに手編みのセーター、そして徹也のジャンパー。ちぐはぐな格好だが、いちばんわたしらしい。ねえ、徹也？

下着と、ありったけの現金と、預金通帳と、その他細々《こまごま》としたものを、スポーツバッグに詰めた。

電話でタクシーを呼んだ。電話の横に、きのう書き付けたメモがあった。赤木の住所と電話番号。その紙切れを、見つめた。長いあいだ、見つめた。そして、ちりぢりに破り、トイレに流した。

クラクションが聞こえた。バッグを持って、ドアに走った。ドアノブに手をかけたところで、振り返る。小野寺は、マネキン人形のような目を、天井に向けている。

「じゃあね、小野寺。わたしもすぐに行くけど、あなたのところじゃないわ。さようなら」

そして、少し迷ってから、付け加えた。

「ごめんね。でも、小野寺も悪いんだよ」

ドアを開けると、日光が降り注いでいた。足早にマンションを出て、タクシーに乗りこむ。

「雄琴温泉駅まで」

運転手に告げた。

雄琴温泉駅で、ヂーゼル列車に乗った。琵琶湖西岸を南下し、大津で降りる。ここで国鉄に乗り換えるつもりだった。しかし死に場所をどこにするかは、決めていない。

駅舎内を、あてもなく歩く。人の流れから外れ、柱の陰に立った。ざわめきが途切れることなく、まとわりついてくる。「みどりの窓口」という表示が、目に入った。

わたしはまだ、新幹線に乗ったことがなかった。博多まで通るのはまだ先だし、雄琴に来るときは小野寺のクーペに乗ってきたので、新幹線は使わなかった。

テレビでしか見たことのない夢の超特急。それに乗れば、ほんの数時間で、東京に行ける。

東京。

まだ一度も行ったことのない大都会。そこに行けば、何かが変わるかも知れない。すべての過去から、逃げられるかも知れない。

わたしは、みどりの窓口で、東京行きの切符を買った。乗車券、指定席の特急券合わせて、四千円ちょっとだった。

大津から東海道本線に乗り、京都で降りた。ホームから階段をのぼり、跨線橋《こせんきょう》を渡って、東京方面と書かれた新幹線ホームにおりる。

午後一時十三分、「ひかり三十二号」東京行きが入線した。胸の鼓動を感じながら、ひかり号に足を踏み入れる。わたしの指定席は、通路左列の窓際。隣は空いていた。座席に腰を落とし、バッグを膝《ひざ》に抱える。ひかり号が静かに動きだす。

身体を背もたれに沈めた。頭の中が空白になり、眠りに落ちた。

目が覚めたとき、嫌な夢を見た、と思った。

男の人を包丁で殺すなんて、どうしてそんな夢を見たのだろう。小野寺という名前まで覚えている。それにしても、わたしがトルコ嬢になっているなんて、すごい夢だった。徹也？ああ、そんな男の子も出てきた。一つ年下の、とても可愛《かわい》い子だった。赤木というおじさんもいた。顔は怖いけど、根は優しい人だったような気がする。もう一人出てきたけど、名前を思い出せない。どうでもいいか。そろそろ起きなきゃ。学校に遅刻してしまう。

違う。この振動と音。わたしは列車に乗っている。どうして？　ああ、そうだ。修学旅行の下見？　いや、これが修学旅行の本番？　もう終わったのではなかったか。

目を開ける。

車窓の向こうに、富士山が聳《そび》えていた。青々とした山肌に、真っ白な頂。眠気が吹き飛んだ。息を呑《の》むような美しさに、目を奪われた。

どうして富士山が……。まだ夢の中なのだろうか。

自分の服装を見た。膝に抱えているスポーツバッグを見た。手を見た。爪《つめ》の中に、赤黒い汚れが残っていた。それはすべて、現実だった。

絶望が、腹の底から、せりあがってくる。

ジャンパーの襟をつかみ、ぎゅっと閉じた。ジャンパーに染みついた匂いを、吸いこんだ。徹也といっしょにいるような気がした。目頭が熱くなる。

徹也。

わたしの心は、潰れようとしていた。救いようもなく、徹也を求めていた。
そしてわたしは、自分の死に場所を、見つけた。

午後四時過ぎに、東京に降り立った。駅員を捕まえ、三鷹《みたか》への行き方を尋ねた。教えられたとおり、中央線に乗り換える。四十分ほどで、三鷹に着いた。すでに陽が沈みかけていた。三鷹駅のホームから階段をおり、改札口を出たところに、周辺地図の看板が掲げてある。駅前の商店名などが書かれていた。地図によると玉川上水は、駅のすぐ脇を流れている。徹也が太宰治《だざいおさむ》の生まれ変わりなら、わたしは山崎富栄《とみえ》なのだ。どうしてあのとき、徹也の後を追わなかったのだろう。いっしょに死んでいれば、こんな目にあわなくて済んだのに。でも、もういい。ここが終着駅。そしてわたしは、徹也のところに行く。徹也はきっと、痺れを切らしている。

駅舎を出て、左に曲がった。歩道沿いに、桜と思《おぼ》しき立木が並んでいた。枝越しに見おろすと、緩く傾斜した土手肌が見えた。その底に、石材を組んで造られた、水路らしき溝が横たわっている。幅二、三メートル、深さは一メートルくらい。しかし肝腎《かんじん》の水は、流れていない。太宰が入水《じゅすい》したのは、どのあたりだろう。自殺できるほどなのだから、かなりの水量が流れているはずだ。

夕闇《ゆうやみ》が濃くなる中、玉川上水沿いを歩いた。どこまで歩いても、太宰治と山崎富栄が入水した地点を示す、碑のようなものはなかった。そしてどこまで行っても、水路に水は現れなかった。水の流れる音も聞こえない。桜の枝の合間から見える水路の底には、泥のこびりついた樹木の根のようなものが、干からびて絡み合っているだけ。

間違えたのだろうか。これは玉川上水とは別の何かなのだろうか。

戸惑いながら、歩き続けた。水路は、駅前の商店街から、田畑の広がる一帯に出た。ゆるいカーブを描いてから、公園らしき森に入る。その森を抜けたころには、すっかり陽が落ちていた。街灯がないため、足もともとも見にくかった。

森を出てしばらく歩いたところに、石橋が架かっていた。欄干には、新橋と刻まれている。太宰治と山崎富栄の遺体が発見されたのが、新橋のたもとではなかったか。互いの腰を、赤い紐《ひも》で結んでいたという。

橋の真ん中に立ち、眼下の闇を見おろした。三メートル下を走っているはずの水路からは、何も聞こえなかった。聞こえるのは、ときおり橋を渡る自動車の音だけ。

「あんた、なにやってるの？」

はっとして振り向くと、小太りの男が立っていた。年齢は四十歳くらいか。くすんだ色のジャンパーを着ている。背はわたしより少し低い。髪は短く刈り上げられ、顔の輪郭は角張っているが、眼差《まなざ》しはどこか哀《かな》しげだった。薄い唇を真一文字に結び、前屈《まえかが》み気味にわたしを見ている。

「あなた、誰？」

「おれはこの先で店をやってるもんだけど、あんた、このあたりじゃ見かけない顔だし、そうやって辛気くさい顔で橋に佇《たたず》んでいるのを見たら、気になっちまって……迷惑だったらごめんよ」

わたしは首を横に振った。

「ねえ、よかったら教えてほしいんだけど」

「なんだい」

「ここ、玉川上水でしょ」

「そうだよ」

「太宰治と山崎富栄が入水した」

「あんたも太宰のファンかい？」

男が、ふっと笑う。男の肩から力が抜けたのが、見てとれた。男の目が、川底に向く。

「そうか。水がないから、期待はずれだったわけか。ここも以前は、抹茶色の水が、ゆったりと流れていたもんだよ。川幅が狭く見えても、けっこう深くて、底になるほど流れが速い。

落ちたが最後、まず這《は》い上がれないものだから、自殺の名所になって、人喰い川なんて呼ばれたこともある。地元の人に聞いた話じゃ、太宰が死んだころには、年に三十人くらいは土《ど》左衛門《ざえもん》があがって、子供にとっては近づくのも怖かったそうだ。それが七、八年前だったかな、上流の取水場が閉じられて、それ以来、水が流れてこなくなって、このとおりだよ」

「じゃあ玉川上水って、もう水が流れていないの？」

「そういうこと」

わたしは呆然《ぼうぜん》とした。ぷっと吹き出した。堪《こら》えきれず、しゃがみこんだ。バッグを抱え、笑い続けた。腹がよじれて痛くなる。息苦しくなる。それでも笑いの衝動は、収まらなかった。

どのくらい笑っていただろう。呼吸を整え、顔をあげた。男はまだ、立っていた。不安げな笑みを浮かべて、わたしを見ている。ときおり車のヘッドライトが、男の姿を照らした。

「ごめんなさい、あんまり可笑《おか》しかったものだから。こんなに笑ったの、何年ぶりかしら」

わたしは立ちあがった。髪を後ろに払った。

「あんた、九州の人かい？」

「わかるの？」

「言葉がね、なんとなく。おれも長崎生まれだから」

「わたしは福岡、といっても、佐賀に近いところなんだけど」

「どこ？」

「大川市《おおかわ》ってわかる？」

「知ってるよ。家具で有名なところだな」

「そう。わたしの家は、大野島《おおのしま》といって、筑後川《ちくご》と早津江川《はやつえ》に挟まれた三角州にあった。有明海《ありあけかい》が近くてね。朝、目を覚ますと、遠くから漁船のエンジンの音が聞こえてきて……」

わたしは、息を深く吸った。

「わたしね、ここで、死ぬつもりだった」

男が、うなずく。

「あなた、それで声をかけてくれたの？」

「入水自殺は無理でも、ここから飛び降りれば大怪我《けが》をする。動けなくなったら、寒さで死んでしまうかも知れない」

「ありがとう。もうだいじょうぶ。死のうなんて気持ち、どこかに行っちゃったわ」

「泊まるところはあるのかい？」

「死ぬつもりだったのよ、わたし」

「よかったら、うちに来るか？」

「ご家族に悪いわ」

「一人暮らしだよ。狭い家だけど、寝る場所ぐらいはある」

わたしは、男の顔を見つめた。

男が、決まり悪そうに目を逸らす。

「誤解するなよ。別に下心があるわけじゃない。おれはただ、あんたが困っているんじゃないかと思って……」

「わかってる」

男がわたしを見た。

「ありがとう。お言葉に甘えるわ」

「おれは島津《しまづ》賢治《けんじ》。名前、聞いていいかい？」

「わたしは雪……」

「ゆき？」

「いえ、松子。川尻松子が、わたしの名前よ」

島津賢治の家は、理容店だった。表のトリコロールは、止まっていた。ガラス張りのドアには「定休日」の札。ドアの上に掲げてある看板には「理容しまづ」とあった。

島津賢治が、鍵を使ってドアを開けた。入ると、整髪料の匂いがした。蛍光灯が点《とも》った。左手一面の鏡の前に、セット椅子が二つ並んでいる。

わたしは、鏡に映った自分を見た。長すぎる髪を、手でつまんだ。

男が、ストーブに火を入れた。薬缶《やかん》に水を入れ、ストーブの上に載せる。水色の仕事着に、腕を通した。

「座りなよ。注文を聞かせてくれ。あまり洒落《しゃれ》た髪型は苦手だけどな」

「いいの？　定休日なんでしょ」

「特別サービス」

わたしは、ふっと笑って、椅子に座った。

「とにかく短くして。髪型はお任せする」

「それならお安いご用だ」

島津が後ろに立った。わたしの首にタオルを巻き、白いケープをかける。

「苦しくないかい？」

「だいじょうぶ」

島津が霧吹きで髪を湿らせた。髪をほぐしてから、髪の束を指のあいだに挟む。先をハサミで切る。黒い塊がばさりと落ちる。島津の指が、魔法をかけられたように、動きだした。

わたしの頭から、黒いものが次々と、落ちていく。

目を瞑った。リズミカルなハサミの音と、島津の指の感触に、身を任せた。

時計の秒針の音が聞こえる。店の壁にでも掛かっているのだろう。

「わたしのこと、聞かないの？」

「なにを？」

「どうして死のうと思ったのか」

「言いたけりゃ自分から言うと思った」

「あなたのこと、聞いていい？」

「ああ、いいぜ」

「一人で住んでいるの？」

「一人だ」

「家族は？」

「女房と六歳の息子がいたが、二人とも三年前に死んだ。交通事故だ」

「ごめんなさい」

「かまわないよ」

「聞いてくれる？」

「ああ」

「わたし、好きな人がいた。その人は自分を、太宰治の生まれ変わりだって言っていた。その人、自殺したの。電車に飛びこんで」

島津の指は、わたしの髪の中で、黙々と動いていた。

「そのあと、いろいろあって……わたしも死ぬことにした。その人のところに行きたくて、玉川上水で死のうと思った。彼が太宰の生まれ変わりなら、太宰の死んだ玉川上水で死ねば、彼のところに行けるんじゃないかって。ところが来てみたら、玉川上水には水がなかったってわけ。とんだ山崎富栄だわ……ね、馬鹿みたいでしょ」

「洗髪するよ」

「うん」

「美容院と違って、前屈みになってもらうけど」

島津が鏡の下の取っ手を手前に倒すと、洗髪台が現れた。わたしは上半身をかがめた。シャワーのあと、シャンプー、リンスと続く。島津が黙って、自分の仕事をこなしていく。リンスを洗い流してから、タオルで水気を拭《ふ》き、ドライヤーで乾かす。髪型を整えて、整髪料をスプレーする。

「さあ、できた」

わたしは目を開けた。思わず歓声をあげた。

生まれて初めてのショートボブ。髪はサイドに流してあり、前髪が軽く額《ひたい》にかかっている。知的で、清楚《せいそ》で、別人に生まれ変わったようだった。

わたしは、右、左、と顔の向きを変えた。鏡の中の自分が、微笑《ほほえ》んでいた。

「よく似合うと思うんだがな」

「ありがとう。素敵だわ」

「よかった」

「おいくら？」

「いらないよ」

「そうはいかないわ」

島津のお腹《なか》が、大きく鳴った。島津が気まずそうに、頭を掻いた。

「ほんと言うと、さっきは行きつけの小料理屋に、飯を食いに行くところだったんだ」

わたしのお腹も鳴った。

「そういえばわたしも、きのうから何も口にしていなかった。そうだ。何かつくってあげようか」

「あまり自炊しないから、ろくなもんがないよ。駅前まで歩けば、遅くまでやってる居酒屋があるけど」

「三鷹駅？」

「いや、井《い》の頭《かしら》線の、井の頭公園駅。歩いて五分くらい」

「行きましょ。わたしが奢《おご》るわ。髪を切ってもらったお礼に」

「いや、それには……」

「その前にちょっと待ってくれる？」

「どうしたんだい？」

「せっかくだから、お化粧したいわ。洗髪のときに落ちちゃったみたい」


居酒屋の軒先には、赤ちょうちんが揺れていた。カウンター席が四つと、幼稚園児が使うようなテーブルが二つあるだけの、こぢんまりとした店だった。客は三人。みな、仕事帰りらしき男だった。

わたしと島津は、テーブル席に着いた。注文は島津に任せた。ビールで乾杯し、やきとり、肉じゃが、つくね、マグロの刺身、焼きおにぎりと続く。島津はよほど腹が減っていたのか、がつがつと口に運んでいた。その喰いっぷりは豪快で、見とれるほどだった。わたしもつられるように、料理を口にした。美味しい、と思った。

島津は、わたしのことをあれこれ詮索《せんさく》しようとはせず、もっぱら理容師になりたてのころの話をしてくれた。

「最初は丁稚《でっち》奉公みたいなものでさ、小遣いみたいな給料で、朝早くから夜遅くまで、一日十五時間くらい働いていた。眠る時間もわずかなもんだった。まさに職人の世界だったよ」

「辞めようとは思わなかったの？」

「うちは祖父《じい》さんの代から床屋だったから、ほかの職業に就くなんて考えもしなかったな」

「ご実家のお店は？」

「兄貴たちが継いでる。暖簾《のれん》分けもして、地元ではけっこう大きくなっているらしい」

「そのお店を手伝ったりしないの？」

「いろいろあって、飛び出してきたんだよ。こっちにも意地があるから、いまさら帰れない」

島津が、子供のように口を尖《とが》らせた。

「ずいぶん帰ってないの？」

「十四、五年になるかな」

「帰りたいとは思わない？」

「……親がどうしてるか、それだけかな、気になるのは」

「わたしも、三年前に家を飛び出したの」

「それで東京に？」

「東京はきょう来たばかり。それまでは、あっちこっちにね」

腹を満たし、ほどよく酔って、店を出る。勘定はわたしが払った。島津が払おうとしたが、わたしが睨んだら、おとなしく引きさがった。

わたしと島津は、肩をすぼめ、震えながら、家に戻った。

島津が風呂を沸かしてくれた。わたしは島津の後に入浴した。自分の家では男が先に入るものだったと言ったら、島津も納得してくれた。

風呂からあがると、浴衣《ゆかた》が用意してあった。

「よかったら、使ってくれ」

声が聞こえた。少し湿っぽかったが、使わせてもらうことにした。亡くなった奥さんのものだろうかと、ちらと思った。

島津が、テレビのある六畳の部屋に、案内してくれた。すでに布団が一組、敷いてあった。抽出の四つある簞笥《たんす》の上には、薬箱や観光土産らしき人形が飾ってある。壁際には、ちゃぶ台が立ててあった。

「ここを使ってくれ。狭くて悪いけど。電気あんかを入れておいたから」

「あなたは？」

「向こうの座敷で寝てる」

「そう。いろいろと、ありがとう」

「おやすみ」

「おやすみなさい」

島津が、ガラス戸を閉めた。

わたしは、紐を引っぱって、電灯を消した。布団の上に正座し、耳をすませた。

考えてみれば、普通の民家に寝泊まりするのは、久しぶりだった。大野島の家を飛び出して以来、ずっとアパートやマンション暮らしだったのだ。家にはそれぞれ、住んできた人間の、生活の匂いが染みついている。家族の歴史が、刻まれている。それは決して、嫌なものではないな、と思った。

家のどこかにあるのだろう。柱時計が、午後十一時を告げた。

わたしは、立ちあがった。ガラス戸を開け、廊下に出た。冷たかった。襖《ふすま》の閉まった部屋の前で、腰を落とす。耳をすます。両手を襖に添え、静かに開けた。杏色《あんずいろ》の常夜灯が、点っていた。島津は布団の中で、目を閉じていた。胸がゆっくりと、上下している。

わたしは部屋に入り、襖を閉じた。部屋の奥には、仏壇があった。わたしはその前まで、進んだ。女性と男の子の写真が、立ててある。わたしはその写真を、静かに伏せた。仏壇の扉を、閉めた。島津のほうへ向き直り、浴衣を脱いだ。下着を外し、畳に落とした。

島津が目を開けた。わたしの裸体を見あげて、目を剝《む》いた。

「あんた……」

わたしは腰を落とし、布団をめくった。

「待ってくれ、おれは、そんなつもりじゃ……」

わたしは島津の口に、人差し指を立てた。

「おねがい、恥をかかせないで」

囁《ささや》いて、島津の身体に寄り添った。

翌日から、店の手伝いを始めた。掃除の仕方から、蒸しタオルの準備、レジの精算まで、一つ一つ教えてもらいながら、覚えていった。どれもが新鮮で、おもしろかった。島津からは、要領の呑みこみが早いと誉められた。

店は古いなりに、固定客がついているらしい。ほとんどが男性で、注文はたいてい、いつものようにしてくれ、だった。

そういう人たちにとって、わたしの存在は衝撃的だったらしい。島津も、わたしをどう説明していいものか迷ったらしいが、遠い親戚《しんせき》の娘でしばらく預かることになった、と苦しい言い訳をしていた。客の中にはそれで納得しない人も多く、小松刈りの大工の棟梁《とうりょう》からは、

「おい、賢ちゃん。いつのまに嫁さんをもらったんだ？」

と冷やかされ、島津が顔を赤くしていた。結局は、親戚の娘などではなく、同棲の相手ということがばれてしまったが、それで客の評判を落とすでもなく、逆に贔屓《ひいき》の客から、

「これで俺も一安心だ。賢ちゃんのこと、よろしく頼むぜ」

と言葉をかけてもらったりした。

島津との日々は、信じられないくらい平穏だった。朝はいっしょに起きて、島津は開店準備、わたしは朝御飯をつくる。朝八時から夜七時までの営業時間は、島津が調髪をし、わたしが洗髪やレジを担当する。仕事の後は掃除や片づけを済ませ、夕食をとる。日曜日の晩には、外でお酒を飲む。夜はいっしょに入浴し、床で愛し合う。心地よい疲労を感じながらぐっすりと眠り、日の出とともに目を覚ます。そんな二カ月が、幻のように過ぎていった。

わたしは、お代わりの御飯を茶碗に盛り、島津に渡した。島津が、サンキュ、と言って、受け取る。

島津はいつも、御飯を喉に押しこむように食べる。頬を目いっぱいに膨らませ、猛烈な早さで咀嚼《そしやく》して、呑みこむ。まるでフィルムの早回しだった。

島津が、頬を膨らませたまま、目をあげた。なに見てるんだ、と言ったらしかったが、御飯が口に詰まっていて、はひひへふは、と聞こえた。

わたしは、くすりと笑った。

「男らしい食べ方だなあと思って」

島津が、ふんと鼻を鳴らして、咀嚼を再開した。お茶で流しこんでから、

「おれは六人兄弟の五番目で、早く食べないと飯がなかった。だから子供のときから早く食べる癖がついてしまった。この歳になったら直せないよ」

「直さなくてもいいけど、喉に詰まらせたりしないの？」

「年に二、三回かな」

島津が、真面目くさった顔で言う。わたしは、うふふ、と笑った。

「ねえ、お店で、賢治さんのことを何て呼んだらいいかしら？」

「賢治さんでいいんじゃないか？」

「でも仕事と私生活は、きちんとけじめをつけたほうがいいんじゃない？」

「堅苦しいことを言うんだな。どう呼びたいんだ？」

「わたし考えたんだけど、先生っていうのは？」

島津が、飲みかけたお茶を、ぶっと噴き出した。

「おれが先生？　勘弁してくれよ」

「そうかしら。わたしの行っていた美容室では、みんな先生って呼ばせていたわ」

「おれはそんな余所余所《よそよそ》しい言い方より、賢治さんとか、あなたとか、親しみをこめて呼ばれるほうが好きだな。たとえ仕事場でも」

「あなた、っていうのは、ちょっと図々《ずうずう》しいわ。奥さんでもないのに」

島津が箸《はし》を置いた。神妙な顔で、両手を膝の上に揃《そろ》える。

「そのことなんだけど」

「え」

「けじめをつけるというのなら、この際ちゃんと、籍を入れたらどうかと思うんだ」

わたしは、島津の顔を見つめた。持っていた茶碗と箸を、下に置く。両手を前で重ねた。

「それ、結婚しようって、言ってるの？」

「そうだ。もちろん、君が嫌だと言うのなら、どうしようもないけど。見てのとおり、おれは若くはないし、一介の町の床屋に過ぎない。断られても、仕方がないと思っている」

島津が、自信なさげに、目を伏せる。

わたしは心臓が高鳴った。舞いあがりそうな心を叱《しか》りつけ、押しとどめる。懸命に笑みをつくった。

「賢治さん、まだわたしのこと、よく知らないくせに。わたしがどんな女なのか知ったら、きっと軽蔑《けいべつ》するわ。わたし、あなたに相応《ふさわ》しい女じゃないもの」

「君がどんな過去を背負っているのか、おれにはわからない。でも、昔のことを話したくないのなら、何も話さなくていい。過去のことはどうだっていい。おれはただ……君とずっといっしょに、暮らしたいだけなんだ」

わたしは、こみあげてくるものを、抑えられなかった。無理に笑おうとしても、頬が震えた。

「まいったなあ、そんなこと言われるなんて、考えもしなかった」

わたしは、目を瞑って、俯《うつむ》いた。

息を吸い、吐いた。

夢を見よう。いまだけは、夢を見よう。どんなに大きな悲哀が、後からやって来ようとも。

わたしは、覚悟を決めた。

目を開けて、島津を見た。

「きちんと言ってみて」

「なにを？」

「プロポーズの言葉」

島津が、背すじを伸ばす。

わたしの目を、まっすぐ見る。

「松子、おれと、結婚してくれ」

わたしは、胸を膨らませた。

「はい」

島津を見つめたまま、涙をぼろぼろと零《こぼ》した。


台所に入ると、外から鳥の囀《さえず》りが聞こえてきた。朝日を浴びた窓は、黄金に輝いている。そろそろ玉川上水沿いの桜も、花を綻《ほころ》ばせるだろうか。

わたしはエプロンを着け、米びつから米を取り、流しで研いだ。炊飯器のスイッチを入れてから、ナベに水を張って、火にかける。その間に大根をまな板にのせ、イチョウ切りにする。大根をたっぷり入れた味噌《みそ》汁が、島津の好物だった。

昨夜の会話を思い出すと、頬が緩む。プロポーズを受けた後、わたしは島津と、将来のことを話し合った。島津は、いずれはわたしも、理容師か美容師の資格を取ったらどうかと言った。そうすればわたしも、一緒に調髪ができるし、もし美容師の資格を取れれば、新たに女性客を呼びこむこともできる。お金が貯まったら、美容院を別につくってもいい。それは思ってもいないアイデアだった。そして、とても素敵なアイデアだった。わたしにとって、夢ができたのだ。

ナベの水が煮立ってきた。鰹節《かつおぶし》を加え、ふわりと吹き上がったところで、火を止めて鰹節を漉《こ》し上げた。真っ白い湯気とともに、濃厚な旨味《うまみ》が立ちのぼる。わたしは胸一杯に、吸いこんだ。ふたたび火を点け、ナベに大根を落としたときだった。

「なんだよ、あんたら！」

店から、島津の怒声が響いた。わたしは、身を固くした。まだ開店には間がある。それに島津が声を荒らげるなど、めったにない。

わたしはガスの火を止め、エプロンをしたまま、店に出た。

「あなた、どうしたの？」

店に、背広姿の男が二人と、婦人警官が一人、立っていた。三人の視線が、わたしを射た。

わたしは立ちすくんだ。

「中に入ってろ！」

島津が振り向いて、怒鳴った。顔面は、熱湯を被ったように赤かった。

「川尻松子だね」

男の一人が言った。

わたしは、うなずいた。脚が震えていた。

男が警察手帳を出す。

「一月二十八日、滋賀県大津市のマンションで、小野寺保、三十一歳が刺し殺された事件で、逮捕状が出てる」

もう一人の刑事が、一枚の紙切れを示した。

「裏にも警官を置いてある。観念しなよ」

わたしは、島津の顔を見た。島津は口を開け、瞬《まばた》きもせずに、わたしを見つめていた。わたしは刑事に向き直り、

「わかりました。用意しますので、お待ちください」

婦人警官が前に出た。背が低く色白だが、体つきは逞《たくま》しく、ふくらはぎは聖護院《しょうごいん》かぶらを思わせる。

「わたくしもごいっしょします」

「わたしは逃げません」

「いえ、ごいっしょさせていただきます。取り返しのつかないことが起こるといけませんの

で」

わたしは、婦人警官と睨み合った。わたしが先に、目を逸らした。

「おい、いったい、なんなんだ。松子が何をしたんだ!」

島津が、わたしと刑事たちを、交互に見た。

婦人警官が、島津の横を通り過ぎようとしたとき、

「おいっ!」

島津が遮ろうとしたが、二人の刑事に止められた。婦人警官が平然と、わたしの腕を取った。

「早くしてね。人が集まってくるわよ」

婦人警官が、前を見たまま、言った。

「わたしが自殺すると思ってるんですか?」

答は返ってこない。

わたしは、奥に入った。背後から、島津の声が聞こえる。泣いていた。

「あなた、自分が全国に指名手配されてるって、気づかなかったの?」

婦人警官が静かに言った。

「せめて偽名を使おうとは、思わなかったの?」

わたしは答えず、身の回りのものを、スポーツバッグに入れた。鏡の前に座り、口紅を引いた。鏡の中の婦人警官は、わたしが口紅を呑みこむとでも疑っているのか、厳しい目を向けている。

「終わった?」

「もう少し」

今朝届いたばかりの新聞から、広告を引き抜いた。裏が空白で、厚手のものを選び出した。そこに口紅で、置き手紙を書いた。

ありがとう。短い間だったけど、しあわせでした。わたしのことは、忘れてください。

松子

2

「いちばんいい女ったたってなあ……」

さすがオフィス街の真ん中にあるホテルらしく、ロビーにはビジネスマン風の外国人が多かった。俺は、高級ホテルに足を踏み入れること自体が初めてで、居心地が悪かった。つまみ出されるんじゃないかと冷や冷やしながら、臙脂《えんじ》色の絨毯《じゅうたん》を歩いているうちに、太い角柱の陰にソファを見つけたので、とりあえずそこに腰をおろした。

周りは、スーツや正装で決めた人たちばかり。耳に入ってくる言葉は、日本語よりも英語のほうが多いくらいだ。フロント係やボーイさんたちも、涼しい顔で英語を話している。

俺は沢村社長に電話をかけたあと、ひかり荘に戻ってヒゲ野郎の部屋に跳び蹴りを喰らわせてから、北千住《きたせんじゅ》駅に向かった。まだ時間があったので、駅前の「ロッテリア」に入った。ひかり荘を初めて訪れる朝に、明日香《あすか》と朝食をとった店だ。考えてみれば、あれから二日しか経っていないのだ。

ハンバーガーとフライドポテトとコーラで腹を満たしてから、日暮里に出て山手線《やまのて》で東京駅まで行った。丸の内中央口を出たところの交番で場所を確認し、排気ガスあふれる永代通《えいたい》りを歩き、パレスホテルに到着したのだった。

時計を見ると、もうすぐ約束の四時になる。電話での口ぶりからして、時間には正確な人のようだから、そろそろ来てもいいころだ。

フロント横の、三基あるエレベーターのうち、真ん中の箱が開き、北欧系の金髪美女が現れた。黒の革パンツに胸元の開いた白シャツ。目はエメラルドグリーンというのだろうか。俺を見て微笑んだ、ような気がしたが、そのまま颯爽《さっそう》と通り過ぎていった。ボリューム満点のヒップを見送りながら、いくらなんでも彼女じゃないよな、と思った。

「笙くん？」

金髪美女のヒップから目を引きはがし、振り返ると、これまた東洋系の美女が立っていた。背は俺と同じくらい。ヒョウ柄のキャミソールに、同じ柄のひざ丈スカート。足もとは黒のパンプス。スカートにはスリットが入っていて、太股《ふともも》の曲面がのぞいている。剝き出しの胸元や肩は、白く艶《つや》を放って眩《まぶ》しいくらいだ。両端が切れあがった唇は、濡《ぬ》れたように赤く、完璧《かんぺき》にメイクされた目許には、魅入られそうな光が宿っている。赤っぽく染められた髪は、大胆に後ろで纏《まと》めてあり、イヤリングの大きな真珠や、細長い首筋が露《あら》わになっている。水泳かエアロビクスでもやっているのか、均整のとれた体つきで、贅肉《ぜいにく》がほとんどない。年齢は三十歳くらい？　もっと若いような、もっと年上のような、しかしとにかく、自分で言うだけあって、紛れもなく大人の、いい女だった。引き合いに出すのも気の毒だが、この美女に比べれば、明日香はまだまだ子供だと、痛感させられた。

「違うの？」

美女が首を傾《かし》げる。

俺は立ちあがって、気をつけの姿勢をとった。

「はい、笙です」

「やっぱりね、そうだと思った」

ちょっと嗄《しゃが》れた声が、クールに響く。

「どうしてわかったんですか？」

「あなたがいちばん場違いに見えたから」

「…………」

「あらためて自己紹介するわ。沢村です」

「川尻笙です」

沢村社長が、くすりと笑う。

「けっこう可愛い顔してるのね」

「……はあ」

「話は車で聞くわ」

沢村社長がくるりと向きを変え、ホテルの正面出口に向かった。俺は急いで、沢村社長を追った。

ホテルの外に出ると同時に、地下駐車場から白いベンツが顔を出し、俺たちの前に停《と》まった。すかさずホテルのボーイさんが、後部座席のドアを開ける。沢村社長が、ありがと、と言って乗りこんだ。俺はそのあとに、どうも、と言って乗った。ドアが閉まり、ベンツが動きだす。運転席には、若い男が座っていた。バックミラーに映っている目と、横顔を見るかぎりでは、相当の美形だった。

高級ホテル、白いベンツ、ヒョウ柄の美女、そして美男子の運転手。俺とは住む世界が違う。まるで違う。ほんとうに松子伯母《おば》は、こんな人たちと交流があったのだろうか。

「さ、笙くん。始めようか」

沢村社長が、両手をお腹の上に重ね、長い脚を組んだ。スカートのスリットが、はらりと開く。扇情的な香水の薫《かお》りが、車内にたちこめた。

「最初にもう一度聞いておくけど、松子が死んだってのは、ほんとうなんだね」

「はい」

「殺されたっていうのも？」

「そうです」

「誰にやられたのかも、わかってないんだね」

「警察は、龍《りゅう》さんを疑っているみたいです」

沢村社長が、細長い煙草を手にした。俺をちらと見る。

「あ、どうぞ。吸ってください」

沢村社長が、鼻息をついた。ライターを取り出し、面倒くさそうに火を点けた。煙をふうと吹く。

「まあ、疑われても仕方ないけどね」

「龍さんは、やってません」

「んなことはわかってるよ。あの男、あたしのことは何か言ってた？」

「ちょっと変わってるけど、辣腕《らつわん》家で、業界の有名人だって言ってました」

「ふうん、それだけなの」

沢村社長が、興味なさげに、煙草を燻《くゆ》らせた。

「ねえ笙くん、あたし、何歳に見える？」

「……三十歳ですか？」

沢村社長の腕が伸びてきた。頭をつかまれ、引き寄せられ、抱きしめられる。俺は沢村社長の谷間で顔面を塞がれ、息ができなくなった。

「ふぐ……んがっ」

と腕が緩んだと思ったら、こんどは、ぶちゅ、とキスされた。ようやく解放され、呆気《あっけ》にとられる俺を見て、沢村社長が満面の笑みを浮かべる。

「残念でした。正解は四十九歳」

俺は、顎《あご》が外れそうなほど、口を開けた。

四十九歳ってことは、お袋と同い年……。

「さ、挨拶《あいさつ》はこのくらいにして、本題に入ろうか」

沢村社長が、笑みを吹き消した。

「聞きたいことは？　あたしが知っていることなら話してあげるよ。死人に気兼ねしても仕方がないものね」

俺は、唇を手で拭った。心臓はまだ暴れている。バックミラーを見ると、運転席の美男子は、眉ひとつ動かしてない。

俺は、大きく息を吸い、吐いた。

「あの……松子伯母さんと最後に会ったのは、いつなんですか？」

「島崎、佳織《かおり》のお見舞いに行ったの、いつだっけ？」

「七月九日でした」

運転席の美男子が答えた。柔らかな声だった。

「七月九日」

「そのときの松子伯母さんの様子を、話してもらえませんか?」

「その日は、足立区の病院に、お見舞いに行ったのよ。事務所の子が入院していたんでね。その帰りだったね。病院の待合室の前を通りかかったら、会計係が名前を呼ぶ声が聞こえたのさ、川尻松子さーんって。あたしは思わず立ち止まって、そっちを見た。そしたら、長椅子に座っていた女が立ちあがって、会計窓口で支払いをした。同姓同名かと思ったけど、思い切って声をかけた。そうしたら……それが、十八年ぶりに会う松子だった」

「太っていたって聞いたんですけど」

「そうね。前に比べたら、だいぶ太っていたね。髪もぼさぼさでさ、着ているものも、よれよれのTシャツに安っぽいスカートだもんね。昔の面影は、ほとんどなかった。名前を聞かなかったら、絶対わからなかっただろうね」

「松子伯母さんは、沢村さんのことを、すぐにわかったんでしょうか?」

「たぶんね。あたしは変わってないもの」

「……そうでしょうね。松子伯母さんは、どんな生活をしていたんですか?」

「そこまではわからない。住所も教えてくれなかったし、ただ、あたしに見られたことを、負い目に感じているみたいだった」

「沢村さんは、松子伯母さんに、どんな話をしたんですか？」

「おこがましいとは思ったんだけどね、うちで働く気はないかって聞いたんだよ。見るに見かねたってこともあるけど、専属の美容師が欲しいと思っていたのも、事実だったからね」

「美容師？　松子伯母さんが、美容師？」

「そう。彼女は腕のいい美容師だったのよ、知らなかったの？」

俺は首を横に振った。

「学校の先生だったって、さっき龍さんに聞いて、びっくりしたばかりなんですけど……」

「学校の先生？　それ、あたしは初耳だわ」

俺と沢村社長は、数秒間、見つめ合った。

沢村社長が、目を前に向ける。

「ま、いいわ。ええと、どこまで話したっけ」

「川尻松子さんに、我が社で美容師として働かないかと、勧誘したところまでです」

運転席から声がした。

「ありがと、島崎。でね、もちろん、ブランクがあるだろうから、すぐ使いものになるかどうかはわからなかったけど、チャンスだけはあげようと思った。松子にもはっきり言ったよ。あなたにその気さえあれば、いくらでもチャンスはあげる。すべてあなた次第なんだって」

「松子伯母さんは、なんと？」

「最初はね、ごちゃごちゃ言ってたけど、最後には、考えてみるって言ったよ。あたしも牧師じゃないからね、生きる気力のない人間まで救うことはできない。だから名刺を渡して、その気になったら連絡してって言って、別れたの」

「結局、連絡は来なかったんですね」

「来なかった。死んじまったら、待ってても来るわけないよね。来たら怖いわ」

沢村社長が、寂しげに笑う。

「でも、待っていたんでしょ」

「……待っていたよ。ていうより、信じていたんだ。松子は頭のいい人だからね、このままじゃいけないって、必ず気づくと思った」

沢村社長が、目を瞬かせた。煙草を口にくわえ、頬をすぼめて吸う。煙草の先端が、きらりと光る。沢村社長が、煙草を灰皿に押しつけた。

「十八年前は、どういう関係だったんですか？」

「あたしがたまたま行きつけていた美容院に、松子が美容師として採用されてきたんだ。そのときは逆にあたしが、それが松子だとすぐにわかったけど、松子はあたしだと気づかなかったみたいだった。まあ、無理はないけどね。……そういえば、あの男が松子と会ったのも、同じ美容院だったはずだよ」

「え、そうなんですか。その美容院というのは、東京に？」

「そう。銀座に、いまもあるよ」

「そのころは、まだ太っていなかった？」

「そうだね。ずっと引き締まっていた。ぜんぜん変わってなかったな。前よりも綺麗《きれい》なくらいだった。ま、化粧をしていたせいかも知れないけど」

沢村社長の表情が、緩んだ。

「すごくいい目をしていたんだよ、そのときの彼女。全身全霊を傾けて、何かに立ち向かっているって感じでさ。あたしは、そういう人間が好きなんだよ。ファイターがね」

「でも松子伯母さん、どうして美容師になったんだろう」

「さあね」

沢村社長が、とぼけたように言った。

「でも、さっきも言ったけど、美容師としての腕は大したものだったんだよ。あたしも必ず松子を指名したもの。まあ、旧知のよしみってこともあったけど、それだけじゃなかったね。ほかの客のあいだでも、けっこう評判がよかったらしいし」

「あのう、そもそも沢村さんが松子伯母さんと知り合ったのは、どこなんですか？」

沢村社長の動きが、止まった。

「だから、美容院で……」

「でも、そのときはすでに、知り合いだったんでしょ」

「あたし、そんなこと言ったっけ」

「言いました。前よりも綺麗になっていたとか、旧知のよしみとか……ってことは、それ以前にどこかで知り合いになっていたってことでしょ？」

沢村社長が、舌打ちをする。

「あのう、もうひとつ基本的なことを聞いていいですか？」

「なに？」

「サワムラ企画って、どういう会社なんですか？」

沢村社長が、ため息をついた。

「笙くんねえ、それ、すっごい失礼な質問よ。いちおうあたしも会社のトップなんだからね。そういう人間に会うときには、その会社の事業内容をチェックしておくなんて、常識以前の問題だよ。うちはホームページだって開いてるんだから、いくらでも調べようがあるでしょうが。時間がなかったなんて言わないでね。そういう台詞《せりふ》は、無能の証《あかし》だよ」

俺は恐れ入って、身体を小さくした。

「……すみません」

「まあ、いいわ。うちはね、モデルやタレントを抱える芸能事務所なの」

「芸能事務所……有名人がいっぱいいる？」

「ねえ、笙くん、サワムラ企画って名前、ほんとうに目にしたことないの？」

沢村社長が、意味深な笑みを浮かべる。

「笙くんも好きだと思うんだけど」

「？」

「アダルトビデオ、観たことない？」

「アダ……じゃあ、サワムラ企画に所属してるタレントさんって……」

「そう。AV嬢、ストリップダンサー、あとはテレビの二時間ドラマで、有名女優の吹替えで裸になったり、混浴シーンで意味もなく登場したり、まあ主に、その手の女の子を抱えてる事務所なの」

全身に汗が滲《にじ》んできた。

……ということは。

「そうか。松子伯母さんは、所属タレントの一人だったんだ」

沢村社長が、吹き出した。

「違う、違う。ぜんぜん関係ないよ」

松子伯母が、かつての所属タレントというのであれば、沢村社長との繋《つな》がりは納得できる。しかし沢村社長の顔は、嘘を言ってるようには見えない。こうなると、俺にはもうわからなかった。

「どうしても言わせるつもりかい？」

「え」

「しょうがないね、あんまり言いたくないんだけど、何でも話すって約束しちゃったもんね」

沢村社長が、俯いてから、ゆっくりと目をあげた。

「もうあれから二十七年になるか。あたしと松子が会ったのはね……」

口元に、不敵な笑みが浮かぶ。

「塀の中さ」

「へ？」

沢村社長が、目許を顰《しか》めた。

「にぶい子だね。刑務所だよ」

3

主文。被告人を懲役八年に処する。うち殺人罪に対し懲役七年、覚せい剤取締法違反に対し懲役一年とする。未決勾留日数百十三日を本刑に算入する。

被告人は、昭和二十二年八月二日、川尻恒造、多恵の長女として、福岡県大川市大字《おおあざ》大野島に生まれた。二年後には弟の紀夫《のりお》、さらに三年後には妹の久美《くみ》が生まれた。父親は市役所の総務課に勤める地方公務員で、家庭は経済的には安定しており、何も問題がなかったが、妹が三歳のときに大病を患って入院し、以後も入退院を繰り返すようになった。被告人はそのころから、父親の関心が急速に自分から離れていくのを感じ、それを繋ぎ止めることに心を砕くようになり、いっそう勉学に励むようになったために、成績はクラスで常にトップとなり、学級委員に選ばれたこともあった。

高校に進学しても成績は上位を維持し続け、大学進学に臨んで国立大学入学を希望するようになり、理数系を得意とする被告人は、東京の大学の理学部に進学することを望んだが、父親がそれを望まず、逆に、被告人が地元の大学の文学部に進み、教職員の資格を得て、地元の学校の教師となることを望んでいることを知ったことから、自分の志望を貫くことをあえてせず、父親の言葉に従ってK大学文学部を受験し、合格した。

大学の四年間は家を出て、大学近くのアパートに一人で暮らし、この間に親しい同性の友人もでき、それなりに有意義な学生生活を送ったが、特定の異性をつくるまでには至らなかった。在学中に教職員の資格を取得し、卒業後は父親の希望通り、地元の大川第二中学校に国語教諭として赴任した。

（略）

翌朝の十時頃、小野寺保が帰宅した。被告人は一睡もしていなかったが、小野寺に対し、トルコ嬢を辞めて、二人で小料理屋を開くことを提案した。小料理屋は、亡くなった親友Sの夢でもあり、親友に代わって自分が夢を叶《かな》えてあげようと考えたものであったが、小野寺はその提案に難色を示した。小野寺の態度に不審を抱いた被告人は、預けてあった預金通帳を見せるよう迫ったところ、小野寺に渡していた稼ぎだけでなく、それ以前に貯めてあったお金まで勝手に使いこまれていたことを知り、まるで小野寺が親友の夢を踏みにじったかのように感じ、逆上した。口論するさいのやりとりから、小野寺の浮気まで発覚し、絶対にこの生活から抜け出したいと思うようになった。しかし小野寺は、そんな被告人の心情にはまったく理解を見せず、逆に、覚せい剤を打てば気が変わる、と言って、強引に注射しようとした。小野寺の手を逃れるため被告人は、出刃包丁を取って相対したが、小野寺はひるむどころか、やれるものならやってみろ、と挑発したため、被告人は激情に任せて刃を突き出したが、容易に手を押さえられ、おまえにはもう飽きた、山科の女子学生といっしょに暮らすことにする、おまえを譲って欲しいという話もあるから、おまえはそいつのところにでも行けばいい、と、まるで自分が人間ではなく、物であるかのような扱いをされていると知り、悔し涙を流したが、男の力には抗《あらが》うことができなかった。しかし手首をねじられた拍子に包丁が落下したとき、偶然にも刃先が小野寺の足の甲に突き刺さり、小野寺は悲鳴をあげてのたうち回った。被告人はこの機に乗じて床に落ちた包丁を拾い、小野寺めがけて力いっぱい振り下ろし、右頸《けい》動脈裂傷により失血死するにいたらしめて殺害したものである。

（略）

弁護人は、被告人は激情に駆られて全人格的判断を経ることなく、短絡的に本件犯行に及んだもので、心神喪失の状態か、少なくとも心神耗弱《こうじゃく》の状態にあったものと主張する。

（略）

たしかに小野寺保の言動、行為にも責められるべき点が多く、屈強な男性から覚せい剤を強制的に注射されようとして、自己防衛のために出刃包丁を持ち出した被告人の行為は、じゅうぶん理解の範疇《はんちゅう》にある。また、無念の死を遂げた親友の夢を、自分が成り代わって果たそうとする行為は、美しいとさえ言える。しかし、すでに重傷を負って身動きの取れなくなった無抵抗の男性に、刃《やいば》を振り下ろすという犯行の態様はまことに残忍であり、結果もまたきわめて重大で、正当防衛の範疇を完全に逸脱するものであり、被告人の責任が重いものであることに疑う余地はない。覚せい剤を常用するに至った経緯についても、小野寺から勧められたとき、断ろうと思えば断れたのに、疲労を和らげるという誘惑に負けてしまった被告人の弱さは、指摘されねばならない。また経済的に比較的恵まれた家庭に育ち、高学歴を得ながらこのような境遇に至った背景には、病弱な妹のために父親の愛情をじゅうぶんに受けられなかったという同情すべき事情はあるものの、自己中心的で、場当たり的で、狭い視野でしか対人関係を築けない、被告人の性格が根本要因としてあり、自業自得と言われても否定できない側面がある。被告人のこの性格は、事件後に警察に出頭しようともせず、自殺したかつての恋人のところに行こうと玉川上水まで行きながら自殺を果たせず、たまたま声をかけられた男性Sとあっさりと男女の関係を結んで夫婦同然の生活を始めるなど、第三者から見れば理解しがたい行動にも表れている。

（略）

覚せい剤については、尿から検出されなかったにも拘《かか》わらず使用を自白し、マンションの冷蔵庫に残っていた覚せい剤の所持をみずから認めるなど、反省の姿勢がうかがえるが、被害者への謝罪という点ではじゅうぶんとは言い難く、殺人という犯罪の重大さを認識し、心から反省しているとは到底思えない。

（略）

以上の被告人にとって有利不利と思われるいっさいの事情を考慮すれば、主文記載の通り量刑処断するのが相当であると思慮する。よって主文の通り判決する。

昭和四十九年八月

「そこの部屋よ、あなたが先に入って」

女子刑務官の投げやりな声が、背後から聞こえた。薄ぼけた緑色の上着とズボン姿のこの刑務官は、眼鏡《めがね》をかけた四十歳前後の太り肉《じし》で、化粧が異様に濃かった。

わたしは「取調室」と札の出ている部屋の前に立ち、金属製のドアを開けた。一歩踏み入れて、立ち止まった。真っ暗だった。ぱちんと音がして、蛍光灯が点る。天井に備え付けてある扇風機が、回りだした。

狭い部屋だった。壁際に木の机と椅子が寄せられている。中央の床には、二本の白線が引いてある。その横に脱衣かごのようなものが二つ置いてあり、一つに灰色の何かが入っていた。

わたしは、部屋の真ん中に進んだ。刑務官も入ってきて、ドアを閉め、鍵をかけた。

「着ているものを脱いで。もう慣れたでしょ」

わたしはうなずいて、スポーツバッグを床に置いた。セーターとジーンズ、下着を脱いで、空いている脱衣かごに入れる。

「そこの二本の線を跨《また》いで立って」

言われたとおりにした。

刑務官が、わたしの周囲を一回りする。

「怪我をしているところはない？」

「ありません」

「では、そちらの舎房着に着替えて」

灰色のものを指した。

さっき脱いだパンティーを取ろうとすると、

「下着も全部、支給されるものを着けるのよ」

「これは？」

「出所までこちらで預かります」

舎房着と呼ばれた代物《しろもの》は、灰色の上衣に同じ色のズボンだった。洗濯はしてあるものの、見事なほどよれよれだった。

刑務官の指示で、紙のように薄いゴム草履《ぞうり》をはき、バッグを持って部屋を出る。すぐ隣の保安課に連れて行かれた。ドアを入ると、保安課の職員がいっせいに目を向けてきた。わたしは立ち止まった。扇風機の音が聞こえた。

「まっすぐ進みなさい」

刑務官が、後ろから囁く。

わたしは俯いて、歩き始めた。

正面に「課長」と札のついた机があり、そこに紺色の制服姿の女性が着席していた。わたしが近づくと、立ちあがった。四十代半ばだろうか。大柄ではないが、力のある眼差しが、凜《りん》とした空気を放っている。化粧もごく自然な感じだった。

わたしは、机の前に立った。

「連れて参りました」

刑務官が、わたしの隣で敬礼していた。

「ご苦労」

女性が敬礼で応える。

「川尻松子さんですね。私は保安課長の瀬川です。確認のために、本籍、氏名、罪名、刑期を言ってください」

「福岡県大川市大字大野島××番地、川尻松子、殺人と覚せい剤取締法違反、懲役八年です」

わたしは、すらすらと答えた。

瀬川課長が、手元の資料を見ながら、うなずく。資料を下に置き、目をあげた。

「川尻さん、ここではまず第一に、職員の指示に従ってください。集団生活なので、勝手な行動は許されません。それと、懲役は強制労働なので、病気にならない限りは、働く義務があります。はじめの数日間は、観察工場というところで、あなたの仕事に対する適性を見ます。同時に分類課によって、ＩＱテストや心理テスト、面接が行われます。観察工場にいる間は独居房という個室にいてもらいますが、仕事が決まったら雑居房に移ることになります。とにかく、まじめに、ほかの人たちとトラブルを起こさないように、一所懸命がんばってください。いまのあなたは四級ですが、月に一回ある審査会で認められれば、進級することができます。進級すれば待遇も違うし、早く仮釈放をもらえます。わかりましたか？」

「はい」

瀬川課長が息を吐いた。わたしの顔をじっと見る。

「あなた、国立大学を出て、中学の先生になったそうね」

さっきまでの、事務的な口調が消えていた。

「時代は変わったのね」

口元に、諦めたような笑みが浮かぶ。

「部屋は第二寮の第三室。連れて行きなさい」

事務的な口調に戻って、言った。


保安課の職員が、バッグの中身を一つ一つ点検した。わたしは歯ブラシだけを受け取った。残りの荷物は、衣服といっしょに預けることになるという。

さっきとは別の刑務官に連れられ、保安課を出た。この刑務官は若く、わたしよりも年下に見えた。化粧も薄い。わたしの真横に並び、歩調を合わせるようにして歩いている。気のせいか、表情が硬かった。

寮と呼ばれた建物は、見るからに堅牢《けんろう》なモルタル造りだった。中央に高い塔が聳えており、そこから放射状に二階建ての舎房が延びている。刑務官に言われて、わたしが入り口のドアを開け、足を踏み入れた。

中は、しんと静まり返っていた。天井が異様に高く、真夏だというのに寒々しい。刑務官がドアを閉めると、その音が建物中にこだました。

ここでまた、別の刑務官が待っていた。最初の刑務官と別人ではあったが、似たような太り肉の四十代で、やはり化粧が濃い。硬そうな髪には強烈なカールがかかっており、目元はアイシャドーとマスカラで化け物のようだった。

わたしはこの刑務官に引き渡され、六番という番号を与えられた。そして、一階の第三室に連れて行かれた。

部屋は、二畳ほどの広さだった。四方の壁はコンクリート。明かり取りの高い窓には、鉄《てっ》柵《さく》が張られている。畳の上には布団が一組。隅の板敷きには、簡単な囲いをした木桶《きおけ》の便器と手洗い、洗面器、机が置かれていた。

「備え付けの『収容者遵守事項』をよく読んでおくように。それから、就寝の時間が来るまで横になってはいかんぞ。わかったな」

わたしは、はい、と答えた。

刑務官が、鉄製のドアを閉める。鍵穴から、がちゃん、と大きな音が響いた。

わたしは、畳に腰をおろした。明かり取りの窓を見あげる。

茜色《あかねいろ》の光が、射しこんでいる。

わたしは三日前に、二十七歳になっていた。小野寺が最初にわたしの客になったのが、去年のいまごろだったはずだ。赤木がすでに店を辞め、綾乃も仙台に帰ったあとだった。まさか一年後に、綾乃が死に、自分が小野寺を殺して刑務所に入っているとは、夢にも思わなかった。

いや、そうでもないか……。

九州を離れる直前に、大野島の家に帰ったとき、久美に抱きつかれて、恐ろしいと感じた。自分がこれから地獄に向かおうとしていることを、うすうす気づいていたのではなかったか。だとすれば、裁判官に言われたとおり、すべては自業自得なのだ。

事件のことは、大野島にも伝わっただろうか。警察官が、家を調べたりしただろうか。夫はどう感じただろう。久美は？　母は？　誰一人、裁判の傍聴にも、面会にも来なかった。紀全国に指名手配されたそうだが、赤木の耳にも入っているだろうか。島津賢治はどうしているだろう。殺人犯と関係を持ったことを、悔やんでいるだろうか。わたしと関《かか》わりになったばかりに、店を畳むことになってはいないだろうか。申し訳ないことをしてしまった。

それにしても小野寺に対しては、いまでも謝罪したいという気持ちが起こらない。あのとき小野寺から投げつけられた言葉を思い出すと、憎しみだけが蘇《よみがえ》る。やはりわたしは、おかしいのだろうか。自己中心的？　場当たり的？　狭い視野でしか対人関係を築けない？　ほんとうにそうなのだろうか。欠陥人間なのだろうか。思いやりのない人間なのだろうか。人間失格？　そうかも知れない。もう、どうだっていいけど。

気配を感じて振り向くと、ドアにある視察窓から、さっきの刑務官の、化け物のような顔がのぞいていた。何を言うでもなく、じっとわたしの様子を、うかがっている。

けたたましいベルに飛び起きた。すぐに静寂が戻る。朝だった。わたしは『収容者遵守事項』にあったとおり、顔を洗い、布団を片づけ、簡単に部屋の掃除をして、ドアに向かって正座をした。

「せいめいっ！」

号令が響いた。

ほどなく視察窓に、刑務官が現れた。わたしを舎房に連れてきた、あの若い刑務官だ。綺麗な目をしているな、と思った。

「第三室、せいめい」

刑務官の言葉が何を意味するのかわからず、わたしは首を傾げた。

「番号と姓名を言ってください」

「早くしろ！」

若い刑務官の後ろから、声があがった。わたしを裸にして調べた、太り肉の刑務官らしかった。若い刑務官が、おどおどした様子で、

「番号と名前です。早く」

「六番、川尻松子」

視察窓から、若い刑務官の顔が離れた。

「異状ありません」

太り肉の刑務官に報告する声が聞こえた。二人の足音が、隣に移っていく。

しばらくすると、配膳口《はいぜん》から朝食が入れられた。味噌汁と、麦の入った御飯と、漬け物だった。拘置所の朝食と大して変わらない。わたしは黙々と平らげた。空《から》さげ、という号令が聞こえたので、容器を配膳口から出した。

「ごちそうさまでした」

視察窓に現れたのは、マスクに三角ずきんをした女性だった。遠慮ない目でわたしを見ている。化粧をしていなかった。この人も受刑者なのだな、と思った。

刑務所第二日となったこの日、わたしは、支給された衣類、下着類すべてに、糸で氏名を縫いつけた。その後は、畳に座り、窓を見あげて過ごした。午後八時を過ぎるまでは、横になることもできない。夕食の後ふたたび点検があり、一日が終わった。

三日目から、観察工場に出ることになった。朝七時半、ほかの受刑者といっしょに廊下に整列し、点呼を受けた後、保安課の職員に見張られながら、工場まで行進した。観察工場に出ている新入受刑者は、わたしを含めて十二人。工場では、紙細工の仕事を与えられた。要領をつかむまでは戸惑ったが、気がつくと作業に没頭していた。我ながら出来映えはよかった。

四日目の午後には、分類課によるＩＱテスト、心理テスト、面接調査があった。ＩＱテストを受けるのは、小学校以来だった。

五日目には、教育課による新入教育の講義があった。講師は年配の男性刑務官だった。講義の内容は主に、所内での過ごし方についてのものだ。わたしは特に、進級に関する件に興味を持った。

「何か質問はありますか？」

最後に講師が部屋を見渡したとき、わたしは手をあげた。

「番号と姓名を」

わたしは、心臓の鼓動を感じながら、立ちあがった。

「六番、川尻松子です」

「質問は何ですか？」

「評価が高ければ、すぐにでも進級できるのですか？」

「川尻、おまえの刑期は？」

「八年です」

「それなら、少なくとも一年は、様子を見なくてはならない。三級に進むのに早くて一年、そこから二級に進むのにも半年はかかるだろう。一級となると、さらに二年は覚悟したほうがいい」

「二級になれば、美容師の職業訓練を受けられるのですね？」

講師が、嬉しそうに目を細めた。

「そうか。その点について、少し補足しておこう。たしかにここでも美容師訓練を行っているが、美容学校は笠松《かさまつ》刑務所にしかない。だから希望者はまず、笠松で一年間、美容生として勉強して、卒業しなくてはならない。そのあとここに戻ってきて、美容室でインターンとして一年間実習を積み、国家試験を受けて合格すれば、めでたく美容師の資格を得ることができる。ただし」

講師が、言葉を切った。厳しい目で、部屋を見渡す。

「美容生となるには審査を受け、所長の許可をもらう必要がある。それにはまず初犯であること、まじめで規律違反を犯さないことが最低条件だ。この刑務所には四百人の受刑者がいるが、美容生はインターンを含めて十名程度しかいない。笠松の学校に行けるのも、年に二、三人。わかるな？　それだけ険しい道のりだということだ」

講師の顔が、緩んだ。

「あまり怖がらせてもなんだから、少し希望のもてる話をしようか。ここの表美容室には、表社会のお客さんが大勢詰めかけている。なぜか？　値段が安く、その上、美容師の技術が優れているからだ。ここで資格を取り、出所してから自分の店を持った者もいる。ここはあくまで刑務所であって、制限は多いが、本人のやる気次第では、いろいろなことが可能だ。これでいいか？　川尻」

「はい。ありがとうございました」

深く頭をさげ、着席した。

わたしは興奮していた。刑務所で美容師の資格が得られる。そんなことは、想像もしなかった。

無意味だと知りながら、夢想せずにはいられなかった。島津賢治と二人で、理容店を切り盛りしていく。美容師の資格を得たわたしは、女性客の開拓をしていく。いずれは店を大きくするか、別に美容室を開業する。二人で力を合わせ、幸せを築いて……。

馬鹿なことを考えるな、おまえの刑期を考えろ、仮釈放をもらえるとしても五、六年、島津がそんなに待つはずがない、それどころか、おまえと暮らした日々を悔いているだろう、そんなはずはない？　それならどうして、面会に来てくれないのだ？　東京から遠い？　ほんとうに愛しているのなら、距離なんか関係あるものか。しょせんおまえは島津にとって、たった二カ月いっしょに暮らしただけの、通りすがりの女だったのだ。

わたしは、そう叫び続ける理性を、封じこめた。

夢でもいい。幻でもいい。どん底の掃きだめで見つけた、たった一片の生き甲斐《がい》、希望なのだ。しがみつこう。その先のことは考えない。ほかのことは考えない。

九日目の午後、わたしは保安課に呼び出され、第一工場に配属となったことを知らされた。ここは初犯の受刑者ばかりを集めた工場で、紳士物スポーツシャツなど高級品をつくっているという。部屋も、雑居房に移ることになった。

夕食後、わずかな私物を持って、独居房を出た。目の綺麗な若い刑務官に連れられ、第一寮第十四室に向かった。

第十四室には、四人の先客がいた。

刑務官がドアを開けると、みな正座していた。

「今夜からこの部屋でいっしょに生活することになった川尻松子さんです。仲良くしてください」

「川尻です」

わたしは頭をさげた。

四人の受刑者は、小さく頭をさげ、探るような目で、わたしを見あげる。

ドアが閉まって刑務官が去っても、誰も正座を解こうとしなかった。口を開く者もない。

相変わらずドアに向かって、並んで座っている。

わたしがわけがわからず立っていると、左端に座っていた受刑者が、自分の左側を指さした。

「ここに正座するんや、はよう」

押し殺した声で言った。

右端の受刑者が、舌打ちをする。

わたしが言われた場所に正座すると、すぐに、

「点検っ！」

と号令が聞こえた。

ほどなくドアが開いた。

二人の女性刑務官が現れた。二人とも初めて見る顔だったが、やはり化粧が濃かった。後ろに立っている刑務官が、名簿のようなものとボールペンを手に持っている。

「第十四室！」

前に立っている刑務官が声をかけると、右端の受刑者から、

「いちっ」

「にっ」

と、番号を言っていく。

あっという間にわたしの番になる。

「ん……ごっ」

手前の刑務官が、名簿を持った刑務官に向かい、

「以上五名、異状ありませんっ！」

ドアが閉まると同時に、受刑者が声を揃え、

「ありがとうございました！」

叫ぶが早いか、いっせいに正座を崩し、伸びをしたり腕を回したりした。

わたしも遠慮がちに、足を崩した。

これから九時の就寝までが、唯一の自由時間だった。

「あんた、男、殺してきたんやってなあ」

さっき右端で舌打ちをした受刑者が、声をかけてきた。足を前に投げ出し、両腕をつっかい棒のようにして、上半身を支えている。四十歳くらいだろうか。浅黒い頰は丸くふくれて、ブタのような顔をしていた。

「クスリで眠らせて、首絞めて殺して、出刃包丁でバラバラにして捨てたんやって？」

「え？」

わたしは思わず聞き返した。ほかの三人の顔を見ると、敬遠するような、怯《おび》えるような目を、わたしに向けている。

「違うんかい？」

「男を殺しましたけど、クスリで眠らせたり、バラバラにして捨てたりしてません。覚せい剤を打たれそうになったので、包丁で斬《き》りつけたら、首に刺さってしまって……」

「ええっ！　シャブ、嫌いなん？」

さっき左端で、わたしの座る場所を示した受刑者が、大きな声をあげた。三十歳くらいで顔色が悪く、頰が病的なほど、痩《こ》けていた。

「そのときは、とてもそんな気になれなかったので」

「へえ、変わってるんやねえ」

「変わってるのはあんたやろ」

ブタ顔が言うと、頰こけが横目で睨んだ。わたしに目を戻し、

「じゃあ、禁断症状は？」

「拘置所にいるときに、少し」

不思議なことに、島津賢治といっしょに暮らしているときは、禁断症状を感じなかった。使用期間が短かったせいかもしれないが、自分が覚せい剤を常用していたことさえ、忘れていた。それが警察に逮捕されたとたん、猛烈に覚せい剤が欲しくなり、床を転げまわったのだった。

「もう取れたん？」

「はい」

「ええなあ、うちは未《いま》だに、どうしても打ちたくなることがあってなあ」

ブタ顔が頰こけに向かって、

「出所して、まずしたいことは？」

「とりあえず一発！」

頬こけが胸を張り、腕に注射する真似をする。

「あかんわ、こりゃ。馬鹿は死ななきゃ治らない」

「馬鹿で結構。うちはシャブと心中する覚悟、決めたんやもん」

頬こけが、にかっ、と笑う。前歯がなかった。

ブタ顔が、うっと唸って上半身を起こし、あぐらをかいた。

「自己紹介しとこか。うちは遠藤和子。結婚詐欺」

わたしは口をぽかんとあけた。

「な、な、信じられへんやろ？　この顔で結婚詐欺やて、これで引っかかる男の顔が見たいわ、ほんま」

頬こけが、手を打って騒ぐ。

「うるせえな、ここにいるあいだに太っちまったんだよ。ほら、シャブ中、おまえの番」

「ええっと、もうわかってはるよね。牧野みどり、ふざけた名前やけど、本名でーす。もちろん、シャブ中でーす」

「正真正銘のアホや」

「一言多いの、あんたは」

頬こけの牧野みどりが、ブタ顔の遠藤和子に舌を出した。

「ほら、自分らも自己紹介しときや」

遠藤和子が、残りの二人に言った。

右側に座っている受刑者は、若かった。二十歳そこそこだろうか。刑務所では髪の長さは決められているはずなのに、どういうわけかこの受刑者だけ短くて、男のようだった。髪だけではなく、涼しげな目許やきりりと結ばれた唇は凜々《りり》しく、くだけた感じであぐらをかく様などは、どう見ても男、それも、相当なハンサムだった。

「東《あずま》めぐみ、傷害」

低い声で言ってから、熱のこもった目で、微笑んでくる。胸がどきりとした。

「川尻松子です、よろしく」

「東ぁ、色目使いやがって。また刃傷沙汰《にんじょうざた》になっても知らんで」

遠藤和子が、うんざりした様子で言う。

最後に残った一人に、視線が集まった。四十歳くらいだろうか。壁際で、膝を抱えるように座っている。俯いているので、顔はわからない。

「自分も自己紹介しとき、そのくらい、できるやろ」

遠藤和子に促され、ゆっくりと顔をあげた。その顔は痩《や》せてはいないものの青白く、精気がなかった。

「真行寺《しんぎょうじ》るり子、三歳の息子を、殺しました」

消え入りそうな声だったが、たしかにそう言った。

「ま、そういうことや、せいぜい仲良くやって、早く仮釈もらえるように頑張ろうや」

就寝前の一分間は、反省の時間だった。自分の犯した罪や、この日一日の行状を省みるための時間だそうだが、わたしは美容師になる決意を固めることに使った。

雑居房の広さは六畳ほど。わたしの寝る場所はトイレのすぐ隣で、間には衝立《ついたて》が一枚あるだけだった。わたしは、いちばん最後に用を済ませ、布団に横たわった。小便の臭《にお》いがした。

三十分ほどで減灯の時間となったが、真っ暗にはならない。やがて寝息が聞こえてくる。

わたしはなかなか寝付けなかった。そういえば最近、夢を見ないな、と考えていたら、いつのまにか眠ったらしく、気がついたら朝になっていた。

起床してすぐ、洗顔、布団の片づけ、掃除を済ませ、ドアに向かって一列に正座する。例によって、

「点検っ！」

の号令が響き、きのうと同じ点呼が繰り返された。そのあと配食当番の東めぐみが運んできた朝食を、みなで手際よく配膳し、黙々と口に運ぶ。このときも例に漏れず、ドアに向かって一列に並んで食べるのだった。

七時半になると、

「出寮っ！」

の号令がかかった。受刑者たちは保安課の前の廊下に一列に並び、点呼と捜検、つまりボディチェックを受けたあと、第一から第三まである工場に向かって行進した。新入教育のときの話では、各工場とも八十人前後が配属されているという。

工場に着くと、ラジオ体操をさせられた。そのあと各自のミシンにつき、与えられた仕事を始めた。わたしは初日ということで、はみ出た糸をハサミで切る仕事をすることになった。単調で退屈な作業だったが、看守の目を意識して、真剣に取り組んだ。

進級するには、月一回の累進準備会で取りあげられ、審査をパスしなくてはならない。そのあとで累進審査会にかけられ、最終的に進級させるかどうかが決められるのだが、準備会で取りあげられるためには、現場の担当職員によい点数をつけてもらう必要があるのだ。

工場には、ミシンを踏む音が渦巻いている。私語はまったく聞こえない。工場担当の女性看守部長とその補助の看守一名が、眼光鋭く、受刑者たちの仕事ぶりを見張っている。わたしは、看守の視線を感じながら、仕事をこなしていった。

九時五十分から十五分間は、休憩だった。たちまちわたしの周りに、四、五人の受刑者が集まってきた。

「あんた、出刃包丁で男を八つ裂きにして、生ゴミといっしょに捨てたんやってな」

見ず知らずの受刑者から、言葉をかけられた。休憩時間でも、看守の目は光っている。わたしは内心うんざりしながらも、殊勝な顔をつくり、誤りを訂正した。

「なんや、それだけかいな。地味やなあ」

みな急に白けた顔になり、離れていった。

昼食は、工場の食堂で、全員いっしょにとった。時間は十一時五十分から十二時半までとなっていたが、食事が終わればあとは自由時間となるので、みんな食べるのが早かった。ただし全員が食べ終わるまで席を立てないので、いつまでものんびり食べていると、みんなに睨まれることになる。わたしは余計なトラブルを起こしたくなかったので、周囲の状況を見て、自分が食べ終わっていなくても箸を置いた。

午後も十五分の休憩を挟んで、午後四時半に作業終了となった。夕食も工場の食堂でとり、例によって整列、点呼を受けて、寮まで行進した。

寮に戻り、保安課の前でふたたび点呼、捜検を受けていたとき、小さな事件があった。

「なんだ、これはっ!」

保安課の瀬川課長の声だった。

列の外に引きずり出されたのは、同室の東めぐみだった。口をへの字に曲げて、ふてくされている。瀬川課長が、小さな紙切れを、東めぐみの目の前に突き出した。

「誰ですか、これをあなたに渡したのは？」

「知らねえな」

瀬川課長が、鬼のような目で、東めぐみを睨む。

「連れて行きなさい！」

瀬川課長が言うと、保安課の職員が東めぐみの腕をつかみ、どこかへ連れて行った。

「あの色男、また懲罰房かよ。トイチも楽じゃねえなあ」

わたしの背後で、ぼそりと声がした。

各々の舎房に戻ってから、あらためて点検があった。わたしのいる第十四室は、一人減って四名となった。

点検が済むと自由時間。この時間には、舎房で読書やおしゃべりをして過ごす者、お茶や生け花、日本舞踊などのクラブ活動をする者、内職に精を出す者と、様々だという。洗濯やヘアカットも、この時間に済まさなくてはならない。もちろん、洗濯場や美容室に行くときは、看守に監視されながら、一列に並んで行進するのだ。

わたしは、遠藤和子と牧野みどりのおしゃべりに、耳を傾けることにした。この二人は、クラブには入っていないようだった。話題はもちろん、懲罰房送りになったばかりの東めぐみだ。わたしはここで初めて、同性愛を意味する「チンタラ」という刑務所用語を知った。話によると、東めぐみは人気ナンバーワンのトイチ（男役）で、ハイチ（女役）からのラブレターが後を絶たないという。たとえ手紙が看守に見つかっても、誰々からもらったと決して口を割らない。そんな男気（？）が余計に女心を惹《ひ》きつけるらしい。だからいつまでたっても進級できないそうだ。

「恋愛がそんなにいいかねえ。世の中、最後はカネだぜ」

と遠藤和子が言えば、牧野みどりが案の定、

「うそ。最後は絶対シャブよ」

と切り返す。わたしは、警察に連行されてから初めて、声をあげて笑った。真行寺るり子は、そのあいだもずっと、黙って俯いていた。

やがて反省の時間が来て、就寝となり、明かりが落とされた。小便の臭いのする布団に横たわりながら、こうやって一日一日が過ぎていくのだな、と思った。

4

「松子伯母さんは、刑務所に入ったことがあるんですか？」

沢村社長が、うなずいた。

「何をしたんです？」

「ヒモを殺したって」

「人殺し？……松子伯母さんが……」

俺は、腹の底に、苦《にが》い塊を感じた。

聞かなければよかった。

「ずいぶんとひどい男だったらしいよ。あたしに言わせれば、殺されて当然だと思うんだけど、裁判官は男だからね、八年も喰らってた。ふつうは長くて四、五年だよ。八年は長すぎる。なんで弁護士が控訴させなかったのか、不思議なくらいだよ」

龍さんが殺人事件を起こしたことは知っていた。しかしまさか、松子伯母まで殺人を犯していたとは、予想もしなかった。

俺は松子伯母のことを、社会の隅で孤独に生き、最後は何者かによって殺されてしまった、哀れな女性だと思っていた。しかし松子伯母本人が、過去に人を殺《あや》めていたのだ。どんな事情があるにせよ、人殺しが許されるはずがない。みすぼらしいアパートで殺されたのも、何かの因果ではないのか。

松子伯母のことを調べていくと、もっと汚れた姿を見ることになるかも知れない。そう思うと、松子伯母のことを知りたいという気持ちが、萎《な》えていった。

「刑務所では、真面目で、おとなしかったね。ただ、看守の目を意識してか、神経質なくらい規則を守っていた。炎天下での草むしりも、一心不乱って感じで取り組んでいたし。ほかの連中はさ、看守の目をごまかして、適当に手を抜いてたもんだけど、松子だけは違ったね。まあ、そういう優等生を忌み嫌うやつがいるのも世間の常で、嫌がらせを受けたこともあったらしいけど、松子は堪えてたみたいだよ。あたしの知る限り、喧嘩《けんか》や違反は一度もなかったからね……どうした、ずいぶんと静かじゃないか」

「まさか、松子伯母さんが人を殺していたなんて、思わなかったから……」

「ショックだったかい？」

「まあ……」

「たしかに人殺しは悪いことさ。でも笙くん、君は松子のことを知りたいんだろ？　理解してあげたいんだろ？　じゃあ、なぜ彼女がそんなことをしてしまったのか、きちんと調べてあげたらどう？」

「でも、人殺しは人殺しでしょ。それに、なんだかもう、松子伯母さんのことは……」

「どうでもいいって言うのかい！」

俺は、口をつぐんだ。

「笙くん、君は松子を、清く正しく生き抜いた聖女だと思っていたのかい？」

「………」

「松子は生身の人間だったんだよ。セックスもすれば糞もする。人を愛することもあれば傷つけることもある。笙くんだって、嘘をついたり、ちょっとした法律違反をしたことはあるだろう」

「でも人殺しは……」

「そりゃないだろうよ。でも、はずみで誰かを殺してしまうことが、絶対にないと言えるかい？」

「………」

「松子は人を殺してしまった。だが、女が男を殺すからには、それなりの事情があるものなんだよ。それを調べもしないで、一方的に松子を悪者にするってのは、感心しないね。とにかく、こうやってあたしまで引っぱり出したんだ。これで幕を引こうなんて、考えないでおくれ。ここまで知った以上、松子のことをとことん調べて、彼女の生きざまを君なりに理解してあげなよ。そうでもしなけりゃさ……」

沢村社長が、大きく息を吸った。囁くように、

「松子が、あんまり可哀想だとは、思わないかい？」


ことり。


そのとき、松子伯母の骨壺《こつつぼ》から漏れ聞こえた幽《かす》かな音が、耳の奥に蘇った。

それはまるで、松子伯母の魂が、何かを俺に訴えているようだった。

「どうだい、笙くん？」

俺は、顔をあげた。

沢村社長が、憂《うれ》うような目で、俺を見ている。

俺は、うなずいた。

「でも、調べるといっても……」

「事件のことを知りたいのなら、裁判所が下した判決文を読めばいい」

「読めるんですか？」

「読めるよね、島崎？」

「刑事裁判のものなら、検察庁に行って申請すれば、閲覧可能なはずです」

「そういうわけだよ。詳しいことは、大津の地方検察庁にでも聞いてみな」

「大津？　滋賀県の？」

「松子が事件を起こしたのが、滋賀県だったから」

「事件を起こしたのは、いつなんですか？」

「松子が刑務所に来たのが、あたしが入所して二年目だったから、昭和四十九年……かな」

「美容院で再会したのは？」

「たしか東京ディズニーランドができる前の年だったから……」

「昭和五十七年です」

「ありがと、島崎。昭和五十七年ね」

「その美容院は、いまもあるんですよね」

「ある。銀座にね。場所はちょっと変わったけど」

「その店にも、行ってみます」

沢村社長が、笑みを浮かべた。

「でも、すごい偶然だったんですね、東京には数え切れないくらい美容院があるのに」

「そんなことはないさ。東京に美容院は星の数ほどあったかも知れないけど、『あかね』って名前の店は、一つしかなかった。いまは『ルージュ』って変わっちゃったけどね」

ベンツが速度を落とした。いつのまにか、パレスホテルに戻っていた。どうやらベンツは、内堀通りをぐるぐる回っていただけらしい。

「笙くん、申し訳ないけど、時間だよ。久しぶりに君のような子と話ができて、楽しかった。また会おうね」

沢村社長はそう言うなり、両手で俺の顔を挟み、またしても濃厚なキスをしたのだった。


キスの余韻に頭がくらくらしていたが、西荻窪《にしおぎくぼ》のアパートに帰り着くころには、正気に戻ることができた。明日香を東京駅で見送ったのは、ずいぶん前のような気がするが、じつは今朝の話なのだ。きょうは、いろいろなことがありすぎた。しかしまだ、やっておくことがある。

俺はまずインターネットで、大津地方検察庁の場所と、電話番号を調べた。午後五時をだいぶ過ぎていたが、とにかく電話してみることにした。

呼び出し音が四回鳴ってから、繋がった。

『大津地検です』

ぶっきらぼうな男の声だった。

「判決文の閲覧について聞きたいんですが」

『公判資料の閲覧ね。しばらくお待ちください』

声が途切れ、検察庁らしくない、軽快な音楽が流れてくる。

『はい、総務部記録課です』

こんどはお姉さんの声だった。若そうだが、沢村社長に会ったあとなので、年齢のことは考えないことにする。

「判決文閲覧の手続きについて知りたいんですが」

『すでに決着済みの件ですか？』

「はい。昭和四十九年の……」

『ああ、そんなに昔のものなんですか。当事者の方ですか？』

「いえ、当事者ってわけでは……」

『それじゃあ、ちょっとできないですね』

「え、どうしてですか？」

『刑事訴訟法という法律で、決着後三年を経たものは閲覧させられないことになっているんです。当事者か関係者なら別ですけど』

「俺、いちおう親戚なんです」

『親戚というと？』

「事件の被告、ていうんですか、それが、俺の伯母さんなんです」

『どういった事件ですか？』

「殺人事件です」

『その伯母さんという方は、いまはどうしてらっしゃるんですか？』

「亡くなりました」

『……ああ、そうなんですか』

「俺は、伯母さんのこと、ぜんぜん知らなかったんです。亡くなったのは最近なんですけど、伯母さんが殺人罪で刑務所に入っていたことがあると聞いて、どういう事情があったのか知りたくて」

『なるほど……わかりました。身内の方で、そういう事情でしたら、許可が出ると思います。ただですね、資料がまだ保管されているかどうか……』

「廃棄されてる場合もあるんですか？」

『ええ、あんまり昔のものですと……。ちょっと調べてみますから、判決日か、刑が確定した日はわかりますか？』

「昭和四十九年ということしか、わからないんですけど」

『罪名は殺人でしたね』

「はい」

『被告人の名前は？』

「川尻松子です」

『川尻松子さん……と。コンピュータで検索しますので、少し時間をください。こちらからかけ直します』

俺は、名前とアパートの電話番号を告げて、受話器を置いた。

五分もしないうちに、呼び出し音が鳴った。

『さきほどの公判資料の件ですけど、まだ保管されているようですね。閲覧申請書を提出していただく必要がありますから、身分証明書と印鑑と収入印紙を百五十円分用意して、来てください』

「収入印紙？」

『ここの一階で売ってますから、こちらで買っていただいても結構です』

「身分証明書というのは？」

『運転免許証か保険証、パスポートでもいいですよ』

翌朝、俺は九時三分発「ひかり一一七号」に乗り、東京を後にした。京都駅で琵琶湖線に乗り換え、大津駅に着いたのが十二時半。駅舎内の軽食堂でカツカレー定食を食べてから、駅前に掲げてあった周辺地図で場所を確認し、大津地方検察庁に向かった。

大津地検は、駅から二百メートルくらいの、法務局合同庁舎の中にあった。合同庁舎は五階建ての建物で、地検のほかに大津地方法務局が入っている。このあたりはいわゆる官庁街らしく、裁判所や県庁、県警本部が集まっていた。

庁舎の入り口に、警備員が立っていた。記録課に行きたい旨を告げると、中の案内窓口で聞くよう言われた。案内窓口は、庁舎に入って左手すぐ。そこに座っていた男の人に教えてもらい、売店で百五十円分の収入印紙を買ってから、エレベーターで三階にのぼった。エレベーターを出て右手に、ドアの開け放たれた部屋がある。壁から突き出た表札には「検務官室」とあり、すぐ下のカッコの中に「記録課」という小さな文字が見えた。

部屋に入ると、ワイシャツにネクタイ姿の男性や、白いブラウス姿の女性が、コピーを取ったり、机で事務仕事をしたり、パソコンに向かったりしていた。どの机の上にも、資料が積みあげられている。

「なにか？」

浅黒い顔の若い男性が、俺の前に立った。声は柔らかだが、視線に隙《すき》が感じられない。俺が、判決文のことできのう電話した者ですが、と告げると、机のほうから、あっと声があがった。見ると、体格のいい女性が立ちあがっていた。二十代後半くらいか。彼女が、記録係だという。

その女性に、あらためて判決文の閲覧希望を告げると、閲覧申請書の用紙を渡された。

俺は、検務官たちの机の隣に並べてある、大きめのテーブルに座り、用紙に記入した。被告人欄に「川尻松子」、閲覧の目的は「その他」に○をつける。当事者との関係は「甥《おい》」。その下に自分の住所を書き、「川尻笙」と署名した。事件番号や刑の確定日は、コンピュータで検索した結果を教えてもらって、書きこむ。印鑑を押し、さっき買った収入印紙を貼《は》り、健康保険遠隔地証を提示して、担当の女性検務官に提出した。

これでいよいよ松子伯母の判決文と対面できる、と思っていたら、

「この事件の資料は倉庫にあるので、閲覧は明日になりますね」

「うそっ！」

まさか閲覧が、翌日になるとは思わなかった。それならそうと電話で言ってくれよ、と毒づきながら、庁舎を出た。財布の中身を確認すると、帰りの切符分を残すとして、なんとか一泊分はある。

俺はとりあえず、大津駅まで戻った。駅前に交番があったので、そこのお巡りさんに安いビジネスホテルを教えてもらった。場所を聞くと、歩いて五分くらいだそうだ。お巡りさんは親切にも、ホテルに電話までしてくれた。

チェックインするにはまだ早かったので、せっかくだから琵琶湖まで出てみることにした。駅前ロータリーの噴水を横目に過ぎ、並木の緑が眩しい大通りを北に進むと、緩やかな下り坂になる。十分ほどだらだらと下ると、道が平坦《へいたん》になり、踏切にさしかかる。ちょうど遮断機がおりて、警報機が鳴っていた。緑色の電車が通り過ぎてから踏切を渡ると、大きな通りに出た。ここを横断したとたん、磯《いそ》の香りが鼻を掠《かす》めた。

俺はなんだか、遠足にでも来ているような気分になってきた。前方にマリンブルーの湖面が見えてくると、思わず声をあげ、足を速めた。そしてついに湖畔に辿《たど》り着くと、そこは、白い石畳の敷き詰められた広場になっていた。広場から湖に向かって、桟橋のような歩道が突き出ている。

俺は迷わず、湖上の歩道に進んだ。歩道は百メートルくらいあるだろうか。先端に立つと、まるで自分が、琵琶湖の真ん中に浮いているようだった。湖を流れてくる清風が、全身を洗い流す。足もとのアスファルトから、ゆったりとした波の振動が伝わってくる。すぐ左手には、白や黄色のヨットが、ずらりと停泊している。遥か遠くの湖面には、白い航跡が走っていた。空は眩しいくらいの青。大きな入道雲も昇っている。

明日香の声が、聞きたくなった。携帯電話で、明日香の携帯を呼び出す。留守番サービスに繋がった。俺は電話を切り、舌打ちをした。


翌朝は、九時きっかりに大津地方検察庁を再訪した。記録課に行き、担当の女性検務官に来意を告げた。きのう申請書を記入するときに使った大きめのテーブルに座り、五分くらい待っていると、担当検務官が分厚い書類の束を抱えて、戻ってきた。

「メモは結構ですけど、コピーは取れません。規則なので」

「ここで閲覧するんですか？」

「そうです。終わったら、声をかけてくださいね」

担当検務官が、自分の机に戻っていった。

俺は、資料と向き合った。かなり厚い。ぱらぱらとめくると、調書から陳述書、判決文まで、すべて揃っていた。

この古びた紙切れに、松子伯母の犯した殺人の全容が記されている。

俺は、判決文から、読むことにした。検務官室には、何人もの人が立ち働いていて、常にざわざわとしている。しかし俺は、判決文の冒頭の、「主文」という言葉を目にした瞬間から、すべての雑音が聞こえなくなった。

　そこに記されているのは、事件の全容だけではなかった。松子伯母の幼少時代から事件に至るまでの経過を、驚くほど事細かに、書き連ねてあった。父親の愛情を、久美叔母《おば》さんに独り占めされたと思いこんでいた少女時代。望んだ生き方を貫かず、自分を抑圧してしまった青春時代。修学旅行先で起こした盗難事件というのは、龍さんが言っていたものだろう。やはりこの事件がきっかけになって、失踪《しっそう》していたのだ。そのあとに、作家志望の青年Yと同棲《どうせい》を始めたが、Yが自殺。Yの親友、Oと不倫関係を結ぶが捨てられ、自暴自棄になって中洲のトルコ嬢（！）となる。トルコ風呂というのは、いまでいうソープランドのことだろう。俺は行ったことないけど……。松子伯母は、このトルコ風呂でSという女性と知り合い、親友になる。トルコ風呂で一時はナンバーワンとなる。やや人気が下降してきたところに、小野寺保という客に誘われ、滋賀県の雄琴に移る。雄琴での生活は多忙を極め、その疲労を取るために、覚せい剤を使うようになる。事件のあった前日、親友Sが、同居していた覚せい剤中毒の男に殺されたことを知る。松子伯母は、覚せい剤をやめる決意をし、小野寺保と小料理屋を開こうとするが、それがきっかけで口論となり、小野寺保が自分を食い物にしているだけだと気づく。小野寺保が強引に覚せい剤を打とうとしたので、松子伯母は出刃包丁を持って抵抗する。小野寺保に腕をつかまれ、身動きできなくなるが、手から落ちた包丁が小野寺保の足の甲に突き刺さるという偶然も重なり、松子伯母は小野寺保を殺してしまう。そのあと、自殺したかつての同棲相手Yの後を追って死ぬために、玉川上水に向かうが、未遂に終わる。その際に心配して声をかけてくれた、理髪店を営む男性Sと同棲をはじめるが、二カ月後に、手配写真と名前を見た近所の人の通報により、警察に逮捕される。

判決文では、松子伯母の性格が、事件の根本原因にあったような書き方をされている。場当たり的で、自己中心的で、流されやすい性格が、道を誤らせたのだと。

しかし俺には、そうは思えなかった。この資料を読むかぎり、松子伯母は、それがトルコ嬢という仕事にしろ男性関係にしろ、不器用なほど真正面から、ぶつかっていっただけではないのか。

もしかしたら俺は、贔屓目に見すぎているのかも知れない。しかし、親父が言っていたような、どうしようもないだけの女性ではないと感じた。

小野寺保という男を殺した経緯についても、正当防衛に近いのではないか。沢村社長の言ったとおり、覚せい剤取締法違反を含めたとしても、懲役八年は長すぎる。

松子伯母は控訴もせず、刑に服し、出所後、美容師として見事に再出発した。美容師になったのは、逮捕直前まで同棲していた男が理容師だったことと、無関係ではないだろう。そして美容院で沢村社長と再会し……。

すべての資料を読み終えたのは、午後二時過ぎだった。

疲れ切った目をあげると、テーブルの向こうに、松子伯母が座っているような気がした。

あの成人式のモノクロ写真の顔で、頰杖《ほおづえ》をつき、問いかけるような眼差しを、俺に向けている。


大津から琵琶湖線、新幹線、中央線を乗り継いで、西荻窪のアパートに帰り着いたときには、午後八時を過ぎていた。

部屋の蛍光灯を点してから、少し迷ったが、明日香の実家に電話した。呼び出し音が六回鳴って、繋がった。

『渡辺です』

明日香の声だ。

「俺だよ」

『は？』

「は、じゃないだろ、笙だよ。彼氏の声を忘れたのか？」

『ああ、明日香のお友達？』

顔から火が出た。

「……え、明日香……さんじゃ」

『ちょっと待ってくださいね』

受話器の向こうで、笑い声が聞こえた。ばたばたと足音がしたと思ったら、

『笙?』

「明日香か。いまの人は?」

『姉貴。あたしと間違えたんだって?』

「だって、声がそっくりだったから」

『そそっかしいんだから』

「どうしてる?」

『忙しい。いろいろとね。笙は?』

「きょう、大津の地方検察庁に行ってきた」

『滋賀県の大津? 検察庁って、笙、何か悪いことしたの?』

俺は、順を追って説明した。

あの聖書を落としていった男に会えたこと。名前を龍洋一《よういち》といって、松子伯母の教え子だ

ったこと。龍さんが警察に連行されたこと。龍さんの紹介で、芸能事務所の沢村社長と会ったこと。松子伯母が殺人事件を起こして刑務所に入っていたこと。そして大津地検で、松子伯母が事件を起こすまでの半生を知ったこと。

明日香は、聖書を落としていった男の正体にこそ驚きの声をあげたが、そのあとの件《くだり》になると相づちも打たず、じっと聞いているだけだった。

『松子さんが、人殺しをしていたなんて……』

「でもこれは、松子伯母さんだけのせいじゃないよ。俺は、殺された男のほうが悪いと思う。松子伯母さんは、ちゃんと服役してから、美容師として再出発したんだ。これってすごいことだと、俺は思う」

『……そうね。なんか、松子さんの人生って、あたしの想像をぜんぜん超えちゃってるな』

「あしたは、松子伯母さんが出所後に勤めた美容院に行ってみる。まだ銀座にあるそうだから、ひょっとしたら、松子伯母さんを憶えている人がいるかも知れない」

『場所はわかってるの？』

「これから探す。明日香、いつまでそっちにいるんだ？　まだ戻ってこないのか？」

『うん……』

「どうした？　なんかあったのか？」

『ううん、なんでもない。もう少しこっちにいると思う』

「そうか。明日香……」

『なに？』

「やっぱり明日香がいないと、つまんねえよ」

『……ありがとう。あたしも、いつも笙のことを考えてるよ』

俺は、吹き出しそうになった。明日香らしくない台詞だ。

「ほんとかよ」

『ほんとうよ』

静かになった。

「じゃあ、また電話するわ」

『うん。またね』

受話器を置いた。

たったいま声を聞いたばかりなのに、よけいに寂しくなった。なんなんだろ、この感覚は。

俺は気を取り直して、駅前のコンビニで買ってきた弁当を食べながら、インターネットで銀座の美容院を検索した。いまどき、ちょっと気の利いた美容院なら、ホームページくらい持っているはずだ。

検索画面には、ずらりと美容院の店名が並んだ。ほとんどはアルファベットで、英語かフランス語をそのまま使っている。

美容室ルージュ。Rouge。

一つだけ、あった。

翌朝、俺は西荻窪から中央線に乗り、東京駅で山手線に乗り換え、有楽町駅で降りた。新宿や渋谷ならともかく、銀座にはあまり足を運んだことがなかったので、首都高速をくぐったところにある交番で、「ルージュ」の場所を尋ねることにした。銀座五丁目の何番地と言ったら、眼鏡をかけたお巡りさんが、地図を広げて指し示してくれた。

教えられたとおり、晴海《はるみ》通りを少し歩き、銀行を越えたところの路地を入った。時間が早いせいか、人通りは多くない。左手のビルを見あげながら歩いていると、銀座クレストビルという文字を見つけた。掲げられた電光看板を見ると、たしかに「美容室 Rouge」が三階に入っている。電光看板によると、この雑居ビルの地下一階には居酒屋が、二階には歯医者が入っているらしい。四階と五階にも怪しげな名前が掲げてあるが、何の店か見当もつかなかった。

俺は、狭い入り口をくぐり、エレベーターで三階にあがった。降りてすぐ目の前に扉があった。複雑な模様の入ったガラスに、紅色の文字で「Rouge」と書かれている。準備中という札が掛かっているが、照明が点っているから、人はいるのだろう。

扉を押してみた。開いた。来客を告げる涼しげな音が響く。

店内には、軽快なフレンチポップスが流れていた。入ってすぐ右手に、円形のボックス席のようなものがある。フロントらしい。人はいなかった。フロント奥の空間には、壁一面の鏡に向かって、四脚の椅子が並んでいた。インテリアは白を基調として、ところどころに赤と青を織り交ぜた配色が施されている。店名はルージュでも、赤にこだわっているわけではなさそうだ。

椅子の向こうに、歪《ひず》みガラスの衝立がある。そこに人影が映ったと思うと、衝立から飛び出してきた。俺と同世代くらいの女の子だった。黄色いTシャツに白いパンツ姿。手には雑巾《ぞうきん》。髪はぎょっとするようなピンク色で、耳たぶのあたりで横一文字に切り揃えてある。

「すみません。まだ準備中なんですが」

「俺、客じゃなくて、ちょっと聞きたいことがあって来たんだけど」

女の子が目の前に立って、首を傾げた。額に汗が滲んでいる。

「昔この店に勤めていた、川尻松子って人のことを知りたいんだけど」

「川尻松子さん？　聞いたことないですけど。いつごろの話です？」

「二十年くらい前」

　女の子が笑った。

「そりゃ知るわけないや。あたしまだ生まれてないもん」

「誰か、知ってそうな人、いないかな」

　女の子が、両手を腰にあてる。

「そうねえ、二十年以上のキャリアの人って、大先生しかいないんじゃないかな」

「大先生というのは？」

「この店のオーナー。創業者」

「ここに来ることはあるの？」

「いまもいるよ」

「ほんと？　会えるかな」

「アポなしじゃ難しいと思うけど。いちおう、聞いてみようか。ちょっとこれお願い」

　女の子が、雑巾を俺に押しつけて、「STAFF ONLY」と書かれたドアを入っていった。

　雑巾はおろしたてらしく、真っ白だ。微《かす》かに薬品の匂いがする。ふと足もとを見ると、床に靴跡がついていた。せっかくだからと思い、雑巾で汚れを拭き取った。きれいになった、と思ったら、少し離れた場所にも汚れを見つけた。ついでにそちらも拭いていると、さっきの女の子が戻ってきた。

「あ、だめえ！　それで床を拭いちゃ」

俺から雑巾を奪い取ると、

「これ、シャンプー台専用だったのに」

と泣きそうな顔になった。

「ごめん。知らなかったから」

「まあ、いいわ。あなたに預けたあたしが悪いんだから。大先生が、会ってもいいって。なんだか、あなたが来るのを、待ってたみたいな口ぶりだったよ。大先生の部屋は、そこのドアを入って、突き当たりの右の部屋」

俺は、礼を言って、スタッフ専用の扉をくぐった。突き当たり右の部屋には、「店長室」とプレートが掛かっていた。

ちょっと緊張する。

ノックをすると、

「開いてるよ」

と張りのある声が返ってきた。

俺は、失礼します、と言って、ドアを開けた。

部屋は、六畳くらいの広さだった。正面の壁の窓には、レースのカーテンが引かれている。右の壁際に、質素な事務机が置かれている。机に向かっていた女性が、椅子をくるりと回し、立ちあがった。

背は低く、俺の肩くらいしかなかった。マッシュルームヘアが艶やかに光を反射していて、黒飴《くろあめ》みたいだった。縦ボーダーのざっくりしたシャツに、黄緑色のスパッツ。足もとはかかとの低いパンプス。手足は細い。髪と着ているものだけを見れば、十代の女の子のようだったが、目尻には深い皺《しわ》が刻まれ、頬は弛《たる》んで唇の両端を押し下げていた。真っ白に化粧しているが、六十歳は過ぎていそうだ。

「あなたが笙くん？」

「え、俺のこと、知ってるんですか？」

「沢村さんから電話があったんだよ。川尻笙って子が行くと思うから、松子の話をしてやってくれってね。それで、世間知らずで失礼なことを言うかも知れないけど、許してやってくれって」

「あの人が……」

「はじめまして。私は内田あかね。この店のオーナー。まあ、座りな。私は沢村さんと違って、時間はたっぷりあるんだから」

5

わたしは入所一年半で、四級から二級まで進んだ。二級に昇格することが決まると、美容学校への入学希望を出し、所長の許可を得た。その年の九月末、同じく美容生となる二名の受刑者とともに、笠松刑務所に護送された。大阪駅から岐阜駅までは、新幹線を使った。そこで初めて、新幹線が博多まで開通していることを知った。

十月一日に開校式が行われ、全国の刑務所から集まった十一名とともに、正式に美容生となった。以後一年間にわたり、ヘアカット、パーマ、セット、シャンプー、リンシングといった頭部技術、日本髪、メイクアップ、マニキュア、マッサージなどの美粧技術、着物の着付け技術のほか、伝染病学、消毒法、皮膚科学をはじめとする衛生理論を叩きこまれた。

ヘアカットの実習では人形を使ったが、それ以外は美容生が二人一組になり、互いをモデルにして練習した。とくに難しかったのは、ロッドで毛束を毛先から巻くロッド巻き、二センチ四方の毛束を毛先からくるくる巻いて小さく納めるピンカール、櫛《くし》と指を使ってウェーブを作り出すフィンガーウェーブだ。いずれもローションをつけて練習するため、はじめのころは手がぬめるばかりで、まったく形にならなかった。ロッド巻きでは巻いた髪がぶらぶらと垂れさがってしまったり、ピンカールでは髪がぼそぼそとはみ出ていたり。それでも毎日練習するうちに、見栄えのいいものができるようになり、卒業するころには、ロッド巻きではクラスで一番になっていた。

笠松から戻ったあとは、刑務所の表美容室で、インターンとして働いた。インターンの仕事は主に、床掃き、中間リンス、片づけなどの雑用とシャンプー。そのあとブローもさせてもらうようになったが、最初はお客の髪が風船のように丸く膨らんでしまい、先輩にやり直してもらったこともある。ブローがうまくできるようになると、セットも手がけるようになり、最後にはカットを任されるまでになった。

わたしの服役している刑務所には、二つの塀がある。外塀の門には監視がなく、誰でも出入りできる。この門を入ると、古めかしい灰色の建物が見える。ここには、庶務課、分類課、教育課、所長室などの中枢機能が集まっている。わたしも入所初日には、庶務課に連れて行かれ、例によって本籍から氏名、罪名、刑期まで言わされた。この中枢部の向こうに、さらにもう一つ、塀が聳えている。

この内塀には、人ひとりやっとくぐれる程度の鉄扉がついており、厳重に施錠されている。この内塀の中には、寮や工場のほか、看守たちの司令塔である保安課や管理部長室、医務課がある。基本的に受刑者の生活は、この中で完結する。内塀の外まで活動範囲を広げられる、数少ない例外の一つが、美容生だった。

表美容室は、刑務所の敷地内にあるのだが、内塀の外側にあった。「あかね」という店名の掲げられた美容室は、刑務所の職員のほか、一般の社会人も利用できる。美容生は毎日、内塀を出て「あかね」に通い、出所後に備えて実地訓練を積むのだ。ちなみに受刑者のヘアカットは三カ月に一回、パーマは五カ月に一回、認められているが、表の「あかね」とは別に、受刑者用の美容室が内塀の中にある。店名はとくにないのだが、受刑者は表社会への憧《あこが》れもこめて、「中あかね」と呼んでいた。こちらの担当も、わたしたち美容生だった。

わたしは「あかね」で一年間のインターンを終え、国家試験を受けて合格した。時を同じくして一級に昇格し、一級者の証である赤バッジを与えられ、舎房から居室に移った。

居室は一級者用の一人部屋で、障子張りの部屋には机のほか、小さな置き床、タンスまで揃っている。ドアには錠がなく、看守の許可を求めなくとも自由に出入りができた。

美容師の国家資格を得たといっても、一通りの基礎を学んだというだけで、一人前にはほど遠い。さいわい「あかね」には、高い技術を持つ先輩たちが多かったし、火曜日と金曜日には、外来の美容学校の校長が実技指導に来てくれたので、そういう人たちから技術を盗み、学んだ。

とくに美容学校の校長からは、技術面だけでなく、接客の大切さを教えられた。シャンプーひとつとっても、お客の案内の仕方から、タオル、クロスのかけ方、シャワーの持ち方、湯加減、シャンプー剤の塗布の仕方、手の力の強弱を使い分けるポイントなど、注意する点は山ほどあった。

その校長が言ったことがある。

「店内のどこにいても、必ずお客様に見られていることを忘れるな、お客様の目は厳しいものだ、一秒でも気を抜いたら怖いくらいに伝わるぞ」

わたしはこの言葉を聞いたとき、「白夜」で綾乃に言われたことを思い出した。そして、究極の接客業でナンバーワンになったことのあるわたしが、美容院でやっていけないはずがない、と思った。

一級者ともなると、図書の貸し出しの手伝いや、講堂の椅子並べなど、所内の雑用もこなさなくてはならない。昼間は表の「あかね」で、夜は「中あかね」でハサミを振るうので、一日中とにかく忙しく、真冬でも寒さを感じないほどだった。

気がついてみれば、消化した刑期は、未決勾留期間を含めて五年五カ月に及んでいた。

美容生は、インターンを含めて十三名いる。二列に並び、点呼を受け、内塀の鉄扉をくぐって「あかね」に到着するのが朝七時五十分。そのころにはすでに、十名ほどのお客が、ドアの外で待っている。もちろんみな、表社会の人間だ。近所の主婦も多いが、明らかに水商売関係のお客も目立った。

「あかね」でも、背後には常に、看守の目が光っている。いかに客の厚意であろうと、飴玉一つでも貰ったが最後、美容室への出入りは即禁止され、級は格下げとなる。また客に注文を聞くのはいいが、私語は厳禁だった。


「川尻、おい、川尻、聞こえないのか?」

看守の声に、はっとして振り返った。

きょうの美容室担当は、二年前に栃木から転勤してきた江島刑務官だった。ころころと太っていて、受刑者からつけられたあだ名はダルマ。三十代半ばの独身だ。

「はい。申し訳ありません。なんでしょうか?」

「分類課長がお呼びだそうだ。すぐに行きなさい」

「ええっ、うちの髪型、どないしてくれるねん?」

お客が首をひねった。

「申し訳ありません。ほかの者に交代させます」

「そんなあ、うちの髪型は、このお姉ちゃんやないとできへんのやで」

「すみません、規則なので。川尻、行きなさい」

「はい」

わたしは、お客に一礼してから、その場を離れた。更衣室で白衣から舎房着に着替え、別の看守に連れられて、灰色の建物に向かう。

わたしは二週間前にも、分類課長から呼び出しを受けていた。その席で、仮釈放のことを聞かされた。自分にもそろそろ話があってもいいと思っていたので、飛び上がるほど嬉しかった。ただ、不安もあった。仮釈放されるには、引受人が必要なのだ。引受人が決まった後に、本面接を経て、正式に審理にかけられ、仮釈放を許可するか棄却するかが決定される。わたしは、弟の紀夫を、引受人に指定していた。

「あかね」から分類課へ行くときには、石畳の歩道を五十メートルほど歩くことになる。途中、右手に外塀の門が見えるのだが、門のすぐ向こうには国道が通っていて、車の行き交う様子が、いやでも目に入った。門には監視がないため、ちょっと走れば簡単に脱走できそうな気もするが、もちろん上級者は、そんな馬鹿なことは考えない。下手に脱走を企てて降格させられるよりも、真面目に務めて早く仮釈放をもらったほうが、絶対に得だからだ。それでもこの石畳を歩くときは、風に乗って漂ってくる排気ガスにさえ塀の外の匂いを感じ、たまらない気持ちになるのだった。

わたしは、看守とともに分類課室に入り、分類課長である清水麻子の前に立った。この四十過ぎの女性も独身だったが、ダルマと違って、恐ろしく美人だった。白い肌や彫りの深い顔立ちは、一昔前のさる大映画女優を彷彿《ほうふつ》させるほどで、アップに纏めた髪もセンスを感じさせる。刑務所には二十代の刑務官も何人かいるが、刑務所歴五年五カ月のわたしが知る限り、清水課長以上の美人はいない。

その清水課長が、険しい表情で、わたしを見あげた。

「川尻、用件はわかっていると思う」

声が沈んでいた。

わたしは身を固くした。

「はい」

「引受人の件だが、福岡の保護観察所が弟さんに確認したところ、残念だが、その意思はないとのことだった」

「……そうですか」

予想はしていた。しかし、実際に拒絶されると、思ったより堪《こた》えた。心の底では、紀夫が引受人となって迎えに来てくれることを、期待していたのだろうか。

「ほかにあては、ないのか？」

清水課長の優しい声が、残酷に響く。

わたしは俯いた。縋《すが》るような気持ちで、一人の男性の名前を、胸につぶやく。

島津賢治。

虫のいい話だろうか。忘れてくれと置き手紙をしておきながら、いまになって引受人になってくれだなんて。

でも……。

あなたは、わたしの過去なんかどうでもいいと言ってくれた。わたしといっしょに暮らしたいだけだと言ってくれた。あんなに素敵な言葉をもらったのは、生まれて初めてだった。

あなたはプロポーズをして、わたしはそれを受け入れた。そうだ。たとえ籍は入れてなくとも、わたしはあなたの妻なのだ。いまのわたしには、美容師の国家資格がある。客の評判だっていい。きっと、あなたの力になってあげられる。

わたしは、顔をあげた。

「島津賢治さん、東京の三鷹で、理容店を営んでいました」

「どういう関係の方だ？」

「内縁の夫です」

「籍は入れてないのだな」

「結婚の約束をしました」

「面会に来たことは？」

「いえ……」

清水課長が、渋い顔をした。

「でも、彼ならきっと、迎えに来てくれると思います」

「わかった。そこまで言うのなら、東京の保護観察所に連絡して、引受人となる意思があるかどうか、確認してもらおう」


わたしの申し出を知った島津賢治は、どんな顔をするだろうか。どんなことを考えるのだろうか。そして、どんな返事をするのだろうか。想像を巡らすたびに、息が苦しくなり、胸を掻きむしりたくなった。

そろそろ保護観察官が、島津のもとを訪れているころだろうか。もしかしたら、いままさにその瞬間が来ているかも知れない。そう思うと仕事にも集中できず、シャンプーとリンスを間違えるという、普段なら絶対にしないミスも犯した。このときは口頭注意だけで済んだが、下手をすれば、仮釈放の審理にも影響しかねなかった。

五年という歳月が、あまりにも重かった。たった二カ月いっしょに住んだ女、しかも殺人で服役している女を、五年間も待ち続けるだろうか。そんな映画のような話があるだろうか。

冷静に考えるほど、絶望的に思えた。

しかし……。

島津賢治は、わたしに結婚を申しこんでくれた、ただ一人の男性なのだ。誠実で、勤勉で、思いやりのある男性なのだ。その男性の愛を信じられなくて、これから何を信じて生きていけばいいのか。でも、もし断られたら……。

結論が出るまでの毎日、わたしは生殺しにされているようなものだった。島津賢治を引受人に指名したことを後悔し、取り消してもらおうかと本気で思った瞬間もあった。

二週間後。

「あかね」でお客の髪にロッドを巻いていたとき、清水課長の呼び出しを受けた。

わたしは、看守に連れられ、分類課に向かった。用件は、引受人のこと以外に考えられない。「あかね」から灰色の建物に向かう石畳の歩道を踏みしめながら、心の中で繰り返した。

島津賢治の愛を、信じよう。

「連れて参りました」

わたしは、清水課長の前に立った。

清水課長が、わたしを見あげる。

「引受人の件だが……」

「はい」

「島津賢治さんには、断られたそうだ。東京の保護観察官が、島津さんに確認したところ、引受人となる意思はない、との返答があった。残念だったな」

清水課長の発する言葉の一つ一つが、現実という鉛となり、わたしの胸を貫いていく。

「どうして……」

店を畳んだのか、それでわたしを置く余裕がないのか。

「お店は健在なのですか？」

「健在だそうだ。だが、五年前とはずいぶん状況が違っている。私に言えるのは、ここまでだよ」

何もかもが、凍っていく。身体が震える。肺が強ばり、息ができなくなる。

「そんな、そんなはずはありません、わたしはあの人の妻なのに、あの人は、わたしといっしょに暮らしたいと言って、籍も入れようって、愛してるって……わたしは信じてるんですっ！　人違いです、きっと、ほかの人を島津と間違えて」

「川尻、落ち着きなさい。島津さんには断られたんだ。間違いではない」

「じゃあ赤木さんを呼んでください」

「赤木？」

「わたしが働いていたトルコ風呂のマネージャーをやってました。わたしのことを好きだって言ってくれたんです。困ったときにはいつでも飛んできてやるって言ってくれたんです。赤木さんなら、きっと迎えに来てくれる」

「連絡先は？」

「それが、北海道の八雲《やくも》というところに実家があるそうなんですが、住所や電話番号はなくしてしまって……」

「それじゃあ、どうしようもないじゃないかっ！」

清水課長が、拳《こぶし》で机を叩いた。

息を吐き、諭すように、

「なあ川尻よ、和歌山には、引受人のいない受刑者のための、更生保護施設もある。あるいは宗教関係でも、引受人になってくれる人たちがいる。そういう方に頼んでみてはどうかな？　もちろん、ご家族や友人に引受人になっていただいたほうが、主査委員の心証はよいのだが、当人にその意思がなかったり、ましてや連絡先がわからないとなれば、仕方がないではないか。川尻は一級者だし、日頃の勤務態度も申し分ないから、これから違反さえしなければ、仮釈は間違いないんだ。どうだ？」

わたしは、うなだれた。嗚咽を堪えきれない。

「川尻、返事をしなさい」

「……はい、お願いします」

それだけ答えるのが、やっとだった。

わたしは、清水課長に促され、職員の視線を浴びながら、分類課を後にした。看守に連れられ、灰色の建物から外に出て、「あかね」に向かう。

雲ひとつない秋晴れだった。

風に流される枯れ葉の群れが、石畳を滑っていく。

「川尻、ショックだったようだな」

隣を歩く看守が言った。五年前には目が綺麗だった彼女も、化粧が濃くなり、太り、言葉遣いが荒くなっていた。

「たしかに、誰も迎えに来てくれないというのは、寂しいものだ。だが、それだけおまえの犯した罪が、周りの人たちに迷惑をかけたということだぞ。もう一度よく反省したらいい。なにしろ、人を一人殺しているのだから。仮釈をもらえるだけでも、ありがたいと思わないとなく」

わたしは立ち止まった。左に目を向けた。外塀の門が見えた。監視もなく、誰でも行き来できる門。すぐ外の国道を、自動車やトラックが走っている。

「どうした？」

看守が、わたしの顔を覗《のぞ》きこんだ。

わたしは、両手で、看守を押しのけた。足を踏み出す。駆ける。

止まれ。叫び声。非常笛の甲高い音が鳴り響く。わたしは走った。引き寄せられるように、走り続けた。

何かが腰にのしかかった。顔から地面に突っこんだ。白い火花が散った。

「川尻、気でも狂ったか！」

腕をねじあげられた。地面に押しつけられた。必死に顔をあげる。門は目前だった。国道を走るダンプのタイヤが、視界を横切った。

「馬鹿が、これで仮釈も帳消しだぞ、美容室からミシン踏みに逆戻りだぞ、わかってるのか！」

引き起こされた。強い力。男性の刑務官。初めて見る。二人もいる。触るな。叫んで抵抗した。上衣のボタンが弾け飛んだ。両腕を男性刑務官に捕まれた。足をばたつかせた。

「おとなしくせんかっ！」

　引きずられたまま、連行された。内塀の鉄扉をくぐった。懲罰房ではなく、沈静房に放りこまれた。

　大きな音がして、分厚いドアが閉まる。施錠の音が響く。息の続く限り叫んだ。コンクリートにぶつかって、跳ね返ってきた。

　四方をコンクリートで囲まれた狭い箱に、自分の息づかいだけが聞こえる。窓はなく、高い壁に明かり取りが付いているだけ。トイレもセメント製。周りは畑なので、いくら叫ぼうが暴れようが、誰にも聞こえない。わたしの声は、誰にも届かない。

　わたしは、板間に転がった。

　大の字になった。

　ばかやろう。

　コンクリートの天井に叫んだ。

　涙がいつまでも流れた。

　この事件のせいで、わたしは四級に降格となり、雑居房に戻された。作業場も、美容室から、第一工場に戻った。

舎房仲間だった東めぐみは、わたしが入所して十カ月後に、満期出所していた。牧野みどりも一年とちょっとで仮釈放をもらったが、風の噂では、出所後まもなく亡くなったという。遠藤和子は、わたしと同時に二級に昇格し、刑期を半年残して仮釈放された。「また来るぜ」と、冗談なのか本気なのか分からない台詞を残していったが、いまのところ戻ってきた様子はない。真行寺るり子は、ちょうど仮釈放が決まったところで、社会生活に慣れるための専用の寮に移っていた。

わたしはふたたび、四級者用のよれよれの舎房着を着て、ミシンを踏む毎日を送った。雑居房は八人部屋だったが、はじめは誰も、わたしと口を利こうとしなかった。仮釈放を目前にしての脱走未遂事件はすでに広まっていて、わたしは気味悪がられていたのだ。

その後は淡々と、目の前のミシンだけを見て、日々を過ごした。仕事は真面目にこなしたし、トラブルも起こさなかったので、一年後にはふたたび三級に昇格し、その半年後には二級となった。そして刑期を三カ月残したところで、仮釈放をもらった。仮釈後の帰住先には、和歌山の更生保護施設を指定した。ここには二十ほどの部屋があり、最低限の衣服と食事が与えられるが、いつまでもいられるわけではなかった。

保護観察期間をこの施設で過ごした後、わたしは一人、東京に向かった。

昭和五十七年四月。

三十四歳の春だった。

東京駅で新幹線を降り、中央線で三鷹に出た。あのときと同じように、玉川上水沿いを歩いた。水路には相変わらず水がなかったが、沿道はアスファルトで舗装されている。新橋に辿り着いたころには、陽が傾きはじめていた。わたしの足は、島津賢治の理容店に向かった。

あのころの道路沿いには、畑や田圃《たんぼ》しかなかった。しかし今や、住宅や店舗、ちょっとしたビルまで建っている。道幅も広くなって、オレンジ色のセンターラインが引かれていた。当時の面影は、どこにもない。八年前のわたしの記憶は、役に立ちそうになかった。

見当違いのところを歩いているのかと思い始めたとき、トリコロールが目に入った。間違いない。心臓の鼓動を感じながら、近づいた。「ヘアサロン島津」という文字が見えてくる。島津賢治の店だ。改装したのだ。しかし、わたしの記憶とは、何かが違う。あっと気がついた。店の位置がずれているのだ。その瞬間、記憶と目の前の光景が、重なった。かつて「理容しまづ」があった場所には、やけに明るい雰囲気の店が建っていた。駐車場が広く、二十四時間営業という謳《うた》い文句を掲げている。初めて見るタイプだ。お婆さんが一人で店番をしていたタバコ屋は、焼き肉屋に変わっている。平屋の民家があった場所には、二階建てのアパートが建っていた。草の生い茂っていた空き地は、駐車場に変わっていた。

わたしは、島津の店の向かいに立った。通りを挟んで、店内の様子が、ガラス越しに見える。セット椅子は三台。客は、いちばん手前の台に座っている、年配の男性一人だけ。ヘアカットをしているのは、紛れもなく島津賢治。懐かしさに、胸が熱くなる。変わっていないな。いや、少し痩せただろうか。そのぶん、精悍《せいかん》さが加わったような気がする。ときおり口が動き、笑みがこぼれているが、目だけは真剣そのもので、客の髪と向き合っている。客も上機嫌の様子で、にこにこして鏡に向かっている。島津のハサミ捌きは、鮮やかだった。美容師となった今だからこそ、よくわかる。

一言だけでも、言葉を交わしたい。

わたし、美容師の資格を取ったのよ。

それだけでも伝えたい。このまま帰ったら、必ず後悔する。たとえ冷たく追い返されてもいい。会おう。会わなくてはならない。

通りを渡ろうと、足を踏み出した。

島津が、店の奥に顔を向けた。

わたしは、足を止めた。

店の奥から、島津と同じ白衣を着た女性が、現れた。小柄で、可愛らしい人。わたしと同じくらいの年齢だろうか。笑顔で島津と言葉を交わしている。その女性の後ろから、小さな男の子が顔を出した。島津にそっくりだった。女性の腰につかまり、島津賢治を見あげている。客もいっしょになって、男の子に話しかけている。店内の笑い声が、聞こえてくるようだった。

わたしは、店に背を向けた。

三鷹駅への道を、歩きだした。

第四章　奇縁

1

美容室「ルージュ」の店長室は、フランス国旗をモチーフにした店内と比べると、そっけないくらい質素だった。しかし俺は、明るく色彩豊かな店舗よりもむしろ、華やかな雰囲気が漂っているように感じた。内田オーナーの個性的なファッションのせいだろうか。しかし店で開店準備をしていた女の子も、個性的なファッションでは負けていないはずだ。あの女の子には無くて、内田オーナーにあるもの。もしかしたらそれが、オーラというものかも知れない。

そんなことを考えながら俺は、勧められるまま、ソファに腰をおろした。

内田オーナーが、みずからお茶をいれてくれた。

礼を言ってから、一口啜る。旨かった。

「松子、死んだんだってね」

内田オーナーが、口を開く。

「まだ若かったんだろ？」

「五十三歳だったそうです」

「これからじゃないか……」

顔が、悔しそうに歪《ゆが》んだ。

「松子伯母さんが、この店に来たのは、いつごろでしたか？」

「沢村さんから電話があったあとね、私も当時の日記を引っぱり出して、読み返してみたのね。そうしたら、昭和五十七年の四月だったよ」

「松子伯母が刑務所に入っていたことは、知っていましたか？」

内田オーナーが、うなずく。

「人を殺したってこともね」

「それは本人から？」

「履歴書にちゃんと書いてあったよ。刑務所内で国家資格を取って、出所したばかりだって」

「刑務所で美容師の資格が取れるんですか？」

内田オーナーが、笑みを浮かべた。

「あなたも沢村さんのことは聞いたんでしょ。あの方も昔、塀の中にいたことがある。沢村さんだけじゃないのね。以前から私の店のお客様には、塀の中にいた方がけっこういらっしゃるのね。ヤクザの姐さんみたいに、明らかにその筋ってわかる人から、話をしているうちに、実は窃盗で捕まったことがあるって言われて、こちらがびっくりするような人まで。私も不思議に思っていたんだけど、いつだったかな、沢村さんが教えてくれたのね。和歌山の女子刑務所には、受刑者の職業訓練に使う美容室があって、その店名が『あかね』っていうんだって。笙くんも沢村さんから聞いていると思うけど、ここも以前は『あかね』って名前だったからね。それで刑務所に入っていた人が、懐かしくなって足を運ぶんだって。私も驚いて、逆に刑務所の美容室と同じ名前ではお嫌じゃないんですかって伺ったら、いや、刑務所の中で、美容室というのはいちばんリラックスできる天国だったんだって。だから『あかね』という名前には、ぜんぜん悪いイメージがないんだって。沢村さんご自身も、店の名前に惹かれて、つい入っちゃったって、おっしゃっていたね」

「でも、そのあとで、名前を変えたんですよね」

「十三年前に、それまで入っていたビルが取り壊されることになったのね。それでこのビルに移ってきたんだけど、ちょうど昭和も終わったし、新しい時代に向かって気分を一新しようと思って、ちょっと気取った名前だけど、フランス語のルージュにしたのね。ルージュは同じ赤でも、茜色より明るい赤なのね。少しでも明るい時代になればと思ってね、そうつけたの。別に、塀の中にいた人に、来て欲しくなかったわけじゃないのよ」

内田オーナーが、いたずらっぽく笑った。

「松子伯母さんがこの店に来たのも、店の名前のせいだったんですか？」

「そう思うね。本人から聞いたわけじゃないけどね」

「出所して、すぐにここに来たんでしたよね。ということは……」

「どうしたの？」

「松子伯母さんは、警察に捕まったとき、理容師の男性と同棲していたんです。たぶん、刑務所の中で美容師の資格を取ったのは、出所してから、その男性といっしょにやり直すためじゃないかと思うんです。でも、出所してすぐにこちらに来たということは、その男性とは……」

「そういえば面接のときに、どうしても見返してやりたい人がいるんだって、言っていたね」

「見返してやりたい人……」

「松子が最初に来た日のことはね、よく憶えてるんだよ。いきなり店に入ってきてね、使ってくれって言ったのね。ふつうは募集広告を見て来るもんだろ。うちは当時、私のほかに技術者が二人とインターンが一人いて、スタッフは間に合っていたからね、募集はしていなかったんだ。それを、どうしてもこの店で働きたいって言うのさ。そんな図々しい子は初めてだった。私も最初は断ろうとしたんだけど、目つきが凄いのなんのって。絶対に諦めないって感じの目でね。門前払いにしたら、こちらが殺されるんじゃないかと思うほどだった。だからまあ特別に、営業時間が終わるまで待ってもらって、モデルウィグを使ってテストすることにした。あ、モデルウィグというのは、人形のかつらのことね。でね、私もそこは人が悪いから、思い切り難しい課題を出したのね、あのころ店にいた技術者でも、できたかどうか怪しいくらいのをね。最初は、さすがにあの子も戸惑ったみたいで、もたついていたけど、五分もしないうちに、目の覚めるようなシザー捌きに変わってね。何かに憑《つ》かれたような顔になって、近づきがたい雰囲気っていうのは、ああいうことを言うんだって、納得したもんだよ。人一倍集中力があったんだろうね。抜群の出来とは言わないけど、じゅうぶん及第点を与えられる仕上がりだった。終わったとたん、おもしろ半分に見ていたスタッフたちが、拍手したものね。シザーを持つのは三年ぶりと聞いて、二度びっくりさ。そのあとすぐ面接して、履歴書を見て、採用することにした。誰も文句は言わなかったよ」

「刑務所に入っていたことで、断ろうとは思わなかったんですか？」

それまで穏やかだった内田オーナーの表情が、一変した。険しい目で、俺を見据えた。

「なあ、筆くんよ」

「……はい」

「この内田あかねを、見損なってもらっちゃ困るよ」

老人とは思えない、凄《すご》みのある声だった。

「ご……ごめんなさいっ」

俺は、膝に手を突き、頭をさげた。

「ただね、松子の過去は、私しか知らなかったはずだよ。わざわざおおっぴらに宣伝することもないと思ったからね」

内田オーナーの顔から、険が消えた。

「あの……店での働きぶりは、どうでしたか？」

「手先は器用だし、もともと頭のいい子だったんだよ。ただ、いつも周りに壁をつくっているところがあってね。必死に突っ張っている感じだった。でも、トラブルを起こすわけでもないし、お客様の応対も笑顔でそつなくこなして、評判もよかったのね。仕事さえきっちりやってりゃ、こっちは文句ないんだからね。そんな状態が、一年くらい続いたかな」

内田オーナーが、深く息を吐く。

「おかしくなったのは、あの男が店に現れてからだったね」

2

銀座の「あかね」は、雑居ビルの二階にあった。セット椅子が三台と、シャンプー台が一台だけの、こぢんまりとした店で、広さだけで言えば、刑務所敷地内の表「あかね」のほうが、広いくらいだ。ただしインテリアは、比べものにならないほど、洗練されている。

店のオーナーは四十代の女性だが、パリで修行を積んできたというだけあって、入り口には堂々と、フランス国旗が掲げてあった。壁には、パリの名門アカデミー・フォーミュラのアヴァンセコース修了証と、日本国内で行われたカットコンテストの賞状が、飾られている。その下には大きなトロフィーが、金色の光を放っていた。

試験と面接をパスしたわたしは、翌日からスタッフの一員として、働くことになった。オーナーである内田先生のほかに、スタッフは三人。このうち三十歳前後と二十代半ばの女性は美容師で、二十歳くらいの女の子はインターンだった。三十四歳のわたしは、スタッフの中では最年長になる。

最年長でも新入りには違いなく、最初はシャンプーやマッサージを担当しながら、店のシステムや接客の方針を学んだ。一週間くらいすると、簡単なカットを任されるようになり、道具の場所や使い方を一通り身につけたころには、ほかのスタッフと変わりなく、動けるようになっていた。

島津賢治と会うことは、あきらめていた。しかし自分が立ち直り、美容師として再出発したことは、何かの形で伝えたかった。

島津賢治の幸福な生活を見せつけられた翌日、わたしは不動産屋で部屋を探し、赤羽《あかばね》にアパートを借りることにした。保証人が必要だったので、交付されていた保護カードを持って保護観察所に行き、相談して保証人になってもらった。

わたしに残されていたのは、トルコ嬢時代に稼いだお金と、美容師の国家資格と、その技術だけだ。女一人で生きていく覚悟を決めた以上、自分の食い扶持《ぶち》は自分で稼ぐしかない。年齢的にトルコ嬢はできないし、他の水商売もする気がしない。残る選択肢は、美容師だけ。赤羽の職業安定所で、美容院の求人案内を見たが、惹かれるような店はなかった。どうせなら、都心で腕を試したかった。ふと思いついて、東京まで出た。駅前の公衆電話の電話帳をめくり、美容院の項目を探すうちに、「あかね」という店名に目が留まった。刑務所の美容室と同じ名前。最後の三年間は、表の「あかね」には足を踏み入れることさえできなかった。わたしは、そのページを破り、電話ボックスを出た。

実際に「あかね」に入ると、最初に金色のトロフィーが目に入った。そこで初めて、カットコンテストというものがあると知った。コンテストに出場して優勝すれば、少なくとも業界内では、名前が知られるようになるのではないか。そうすれば、島津の耳にも届くのではないか。

わたしは、オーナーの内田先生に直談判《じかだんぱん》して、テストを受けさせてもらった。モデルウィグを使った実技テストでは、アウトサイドストロークカットを用いて、毛先に跳ねるような動きをつける髪型を、課題に出された。ストロークカットは、毛束を削り取るようなカット方法で、難度の高い技術だ。刑務所の講習で教わったことはあるが、実際に使ったことは数えるほどしかないし、得意な技でもない。それも三年前の話だ。しかし、やるしかないと腹を括《くく》って取り組んだ結果、辛うじて制限時間内に仕上げられた。自信はなかったが、テストは合格だった。

内田先生はカットコンテストの常連で、何度も最優秀賞を獲得している。スタッフも勉強熱心で、営業時間後も勉強会と称して、夜遅くまで内田先生の技術指導を受けていた。もちろんわたしも参加した。この時間がいちばん楽しくて、「白夜」のテクニック勉強会を思い出したものだ。

話を聞くと、コンテストはカットだけではなく、ワインディング、つまりロッド巻きの速さと正確さを競うコンテストもあるという。ロッド巻きは得意だったので、こちらを目指そうかとも考えたが、理容師である島津賢治はロッドを使うことがなく、きっとロッド巻きには興味がないと思い、あくまでカットコンテストを目指すことにした。

「あかね」に就職して二カ月目に、初めて指名を受けた。「白夜」で最初の指名を受けたのも、二カ月目だ。接客の心構えといい、営業時間外の勉強会といい、指名を受けるシステムといい、トルコ風呂と美容院の思わぬ共通点を発見し、愉快になった。

わたしを指名した女性は、二十代後半くらいで、シルクの白いスーツを着こなしていた。頬はぽっちゃりしているが、目鼻立ちは女優のように整っており、大きく揺れるウェーブの髪が、上品さを引き立たせている。彼女は「あかね」の常連客らしく、以前にも見かけたことがある。そのときは内田先生が担当だった。

わたしは、自分のキャスター付きワゴンを押して、彼女の脇に立った。ケープの着用はすでに、インターンの女の子が済ませていた。

「ご指名、ありがとうございます。川尻です。どのような髪型をお望みでございますか」

「夏らしく、短くして」

どこかで聞いたことのある声だった。しかし思い出せない。

「ショートですね。どのような雰囲気がお好みですか？」

「任せるわ。あなたが似合うと思う髪型にしてちょうだい」

女性が目を閉じた。

「……はい」

試されている、と感じた。

わたしは雑念を追い払い、あらゆる角度から女性の顔を観察した。丸顔の部類に入るだろうか。丸顔といっても、決して太っているのではなく、品のいい顔立ちだ。大きなウェーブは似合っているのだが、お高くとまった印象も与えている。ショートで同じような雰囲気が欲しいのなら、前髪をすべてバックブローにして額を出す。仕上げは手ぐしを使い、ムースを軽くつけてかきあげればいい。でもこの女性には、もっと優しさの漂う髪型が、似合うような気がする。たとえばショートレイヤーにして軽くパーマをかけ、フィンガーブローでラフな感じを出せれば……。

わたしは心を決め、ワゴンからシザーとブラシを取った。

シザーを使って大胆にウェーブを切り落とし、丁寧にレイヤーをつけていく。いつもなら軽い会話をしながらシザーを操るのだが、自分のセンスを試されていると思うと、神経が髪に集中してしまい、会話が途切れたままになった。はっとして鏡を見ると、女性は機嫌を損ねるでもなく、目を閉じたままで、口元には笑みさえ浮かべている。

レイヤーが出来あがってから、パーマネント液をつけて毛束を巻き、ローラーボールを被せて浸透させる。パーマが終わったら、スタイリング剤をつけて、フィンガーブローで仕上げた。

完成の瞬間、深く息を吐いた。自分のセンスと技術をすべて注いだ作品。果たして銀座で通じるのか。

わたしは、ワゴンから合わせ鏡を取り、女性の後ろで開いた。

「いかがでしょうか？」

女性が、目を開けた。

硬い表情で、鏡を見つめている。

沈黙の数秒が過ぎた。

鏡の中の女性が、目をあげた。責めるような視線を、放ってくる。

「あなた、どこの美容学校を出たの？」

「……岐阜にある、学校です」

「笠松でしょ」

背中に汗が滲んだ。

「どうして、おわかりになるのですか？」

女性の表情がくだけ、笑みがこぼれた。

「そうか。ついに夢を叶えたんだ。よかったな」

わたしは、鏡に映った女性の顔を、見つめた。瞬きを繰り返す。

「松ちゃん、まだわからないのか。俺だよ」

女性が囁いた。熱のこもった目で、微笑む。

わたしは、はっと息を吸った。

「めぐみっ！」

大きな声をあげてしまった。店内の視線を感じ、周囲に頭をさげる。小さな声で、

「東めぐみさん？」

「いまは結婚して、沢村めぐみになっているけどね」

「びっくりした、見違えちゃったわ。ぜんぜん気がつかなかった」

「やっぱり？」

「めぐみはわたしのこと、いつ気づいたの？」

「この前来たときにね」

「声をかけてくれたらよかったのに」

「わるい。ちょっといたずらしたくてさ」

めぐみが舌を出した。

「松ちゃんは、ちっとも変わらないね」

「嘘ばっかり。もう三十四歳よ」

「嘘じゃない。前よりも綺麗になったよ」

「相変わらず女心をくすぐる人ね。結婚したって言ってたけど、お相手は男性？」

　めぐみが苦笑した。

「決まってるだろ。トイチは中だけの話。外じゃ馬鹿らしくてやってられないよ」

「おめでとう。ほんとうに見違えちゃったわ。こんなに女っぽくなってるんだもの」

「そんなに言うなよ。照れる」

　めぐみが、自分の髪に手を触れた。

「松ちゃん、これならじゅうぶん、銀座でやっていけるよ。あたしは、自分の顔がこんなに優しく見えるなんて、夢にも思わなかった」

　その言葉を聞いて、全身の緊張が解けていった。

「よかった」

「松ちゃんがこの店を選んだのは、店名が？」

　わたしはうなずいた。

「懐かしいというわけじゃないんだけど、ここ以外にないと思って」

「あたしはね、去年まで別の美容院に行っていたんだ。これも銀座にある店なんだけど、大手の化粧品メーカーが経営してるとかで、馬鹿でかくてさ、従業員だけで五十人はいたよ。

完全な分業になっていて、カットしてくれる人と、シャンプーしてくれる人と、顔剃《そ》ってくれる人と、マッサージしてくれる人と、とにかくみんな違うんだよ。なんだか、流れ作業のベルトコンベアに乗せられてる気分になってね。もっと落ち着ける店がないかなって探してたら、この店を見つけて」

「やっぱり、一度は入っちゃうよね」

「でさ、よくよく話を聞いたら、この店を作った内田さんって、あたしが行っていた馬鹿でかい美容院を辞めて、一人でパリまで行っちゃった人なんだってね。親会社の方針が気に入らなくて、啖呵《たんか》切って飛び出したんだって。それ聞いて、ますますここが気に入ったよ。おかげで、松ちゃんにも再会できたし」

「いまはどうしてるの？」

「ミカン山はこりごりだからね。かといって、澄ましてOLなんかやってられないし。手っとり早く金になって、犯罪にならないとなると、水商売しかないだろ」

「ホステスとか？」

「最初はね、そういうおとなしいのから始めたけど、酔っぱらい親父に絡まれると、ぶっ飛ばしたくなるんだよ。それを我慢するのが大変でさ」

わたしは、わかるわかる、と笑った。

「つくづく客商売には向かないと思ったね」

　わたしは声を落として、

「トルコ嬢は考えなかった？」

「考えなかったわけじゃないけど、松ちゃんの話を聞いていたからさ、あたしには務まりそうにないって思ったし、松ちゃんの前でこんなこと言うのなんだけど、金のためにそこまでしたくはなかった……ごめん」

「謝ることないよ。わたしもそう思うから。でもね、あれはあれで、プロ意識を持って仕事をしている人もいたんだよ。わたしも、最初のころはそうだった。結局、自分を見失ってしまったけど」

　めぐみが、神妙な顔でうなずく。

「あたしはね、身体を売ることは嫌だったけど、裸を見せることには抵抗がなかった。だから、ストリップ・ダンサーになったんだ」

　わたしは、目を丸くした。

「もともと身体を動かすことは好きだったし、恥ずかしいからみんなには言わなかったけど、中学までバレエを習っててさ、ダンスもなんとかなると思った」

「……すごい。お金持ちだったの？」

「中学まで。父親が賄賂《わいろ》をもらったとかで警察に捕まって、そのあとは、ごろごろごろって感じの下り坂さ。で、行き着いた場所が塀の中。ダンサーとしちゃ評判よかったんだよ、あたし。ストリッパーはたくさんいたけど、ちゃんと踊れる子って意外に少なかったからね。それに気持ちいいんだ、男の目を一身に集めて踊るのって。そのうちに、ヌードグラビアの仕事も来るようになって、正式にモデル事務所と契約した。そのときの社長が、いまの旦《だん》那《な》」

「お仕事はいまも？」

「まさか。とっくに引退したよ。いまは二十歳の可愛い女の子が、簡単に股をおっぴろげる時代だからね。オバサンは消え去るのみ」

「いまでは社長夫人ってわけね」

「そんな気楽なもんじゃないよ。これからまた事務所に顔出さなきゃならないんだ。こんどゆっくり会おうよ。休みはいつ？」

めぐみは、社交辞令を使わない人だった。「ゆっくり会おう」と言って帰っていった三日後に、銀座の喫茶店で会って、近況を存分にしゃべった。

めぐみの夫が経営しているモデル事務所は、所属する女の子が四人、スタッフは夫とめぐみと、電話番の若い男の子が一人だけという、小さなものだった。社長である夫みずから営業に走り、めぐみは女の子たちのマネージメントをこなしているという。

めぐみが、コーヒーをスプーンでかき回しながら、ため息を吐いた。

「女の子を売りこむには、専用の宣伝写真が必要でね、それを撮影するだけでも、カメラマン、メイク、スタジオ代、打ち合わせ費なんか入れて、一日で軽く十万円は超えちゃう。普通のモデル事務所なら、そういうのは本人持ちなんだけど、うちみたいなアダルト系はそうもいかなくてね。女の子たちにプロ意識がないっていうか、放っておいたらそんな面倒なこと、誰もしないんだ。困ったのは、綺麗な子ほど時間にルーズってこと。この業界はいいかげんなようでも、そういうところは厳しいからね。とうぜん、トラブルを起こす子には仕事が来なくなるんだけど、こんどは仕事がないことを事務所のせいにしたがる……ごめん、愚痴になっちゃったね」

「大変そうね」

「マネージャーともなると、恋愛相談を受けることもあるんだけど、『彼の気持ちがわからないんですう』なんて泣きつかれてもね。たしかに塀の中じゃ男役だったけど、最近の若い男の心なんか、あたしだってわかんないよ」

めぐみが、首を振りながら、笑った。顔から笑みを消し、物思いにふけるような目を、宙に向ける。

「一人でいいんだ。一人の売れっ子を抱えれば、業界で大きな顔ができる。その一人が、なかなかいない」

「いっそのこと、めぐみが現役復帰したら？」

わたしは冗談のつもりだったが、

「考えなきゃいけないかも知れない」

めぐみが、真剣な顔でうなずいた。思いついたように、目をあげる。

「松ちゃん、初めてトルコ嬢の仕事をしたとき、どんな気持ちだった？」

「え……そうね、とにかく夢中で、何かを感じる余裕なんかなかった。気がついたら、お客さんの背中を見送っていたもの」

「嫌だとは思わなかった？」

「そのときは男に捨てられて、自棄《やけ》になって自分で乗りこんで行ったから、嫌だとは思わなかったな。ただ、その前にも一度、面接には行ったことがあってね。そのときは同棲していた彼に行かされたんだけど、面接の場で服脱いでって言われたときは、さすがに嫌だった。泣いたよ」

めぐみが鼻息を吐く。

「自分の女をトルコ風呂で働かせようなんて、とんでもない男だな」

「いまから思えば、そうかも知れない。でも、わたしにとっては、大切な人だったんだよ。もう死んじゃったけどね」

「そう……」

「たしかにトルコ嬢って大変な仕事だったけど、ときどきトルコ嬢時代に戻りたくなることがある。雄琴じゃなくて、博多にいたころにね」

めぐみの目が、どうして、と問いかけてくる。

「あそこでは、自分を飾る必要がなかったから。いままでの人生で、あのころの自分が、いちばん素直に生きていたと思う」

めぐみが、唇をすぼめる。その瞳が一瞬、鋭い光を放ったような気がした。


その後しばらく、めぐみと会う機会はなかった。七月の終わりごろ、久しぶりに「あかね」に来店して、わたしを指名してくれた。

鏡の中のめぐみは、顔が一回り小さくなったように見えた。ぽっちゃりしていた頬が引き締まり、刑務所で初めて会ったころのような精悍さを、取り戻していた。

「めぐみ、痩せたんじゃない？」

「わかる？　食事制限とエアロビクスで、体重を落としてるんだ」

　めぐみが、にこりと笑う。

「現役復帰することにしたよ」

　わたしは声を落として、

「ストリップ・ダンサーとして？」

「いや、アダルトビデオ。単体で主演することが決まってね」

「アダルトって……」

「そう、ポルノ」

　わたしは息を詰めて、めぐみの横顔を見つめた。

「ご主人は何も言わなかったの？」

「反対されたけど、できることは何でもやらなきゃ。事務所が潰れてから悔やんだって仕方がないだろ。彼だって、あたしが言いだしたら聞かない性格だってことは、わかっているはずだし」

　めぐみが、鏡を睨みつけた。首を回して、わたしを見あげる。

「ねえ、松ちゃん。スケベそうな女が裸になるのはありふれてるだろ。絶対に裸になりそうにない女が脱いで、はじめて商品価値があがると思うんだ。あたしの歳じゃ清楚なお嬢様は無理だけど、プライドの高い大人の女って感じを出したい。そういう髪型にできないかな」

「そうね……頰がすっきりして、顎の線がシャープになったから、ベリーショートはどうかしら。トップに柔らかくパーマをあしらえば、大人っぽくて、しかもキュートになると思う」

めぐみが、口を真一文字に結んだ。

「任せる」


空に灰色の雲がひしめいて、夏の終わりを予感させるような、肌寒い日。わたしは三十五歳の誕生日を、二週間前に済ませていた。誰からもお祝いの言葉をもらわなかった。

「あかね」は一週間の夏休みに入っていた。内田先生はパリに旅立ち、スタッフたちも帰省やら旅行やら、それぞれの休暇を楽しんでいるようだ。わたしには、何の予定もなかった。

この日も午前中は、テレビを眺めて過ごした。洗濯機を回そうかとも思ったが、空模様とテレビの天気予報を見て、あきらめた。冷蔵庫に冷や御飯が残っていたので、お昼にチャーハンをつくって食べた。お茶で口をすすいでいるとき、めぐみから電話がかかってきた。いまからそっちに行っていいか、という内容だった。わたしは、ほかに用事もなかったので、いつでもいいと答えた。

めぐみは、午後三時前に、やってきた。白のショートパンツに、胸元の開いた赤紫のカットソー。その上からジージャンを羽織っている。めぐみにしては、ラフな格好だ。手には、駅前のケーキ屋の箱をさげていた。

「美味《おい》しそうだったから、買ってきたよ」

めぐみがやけに明るい声で言い、わたしにケーキ箱を押しつける。

大きなケーキ箱には、ストロベリーショートケーキ、チーズケーキ、チョコレートケーキ、シュークリームが二つずつ、入っていた。

「これ全部、二人で食べるの？」

「余ったらあたしが食べる」

めぐみが平然と言った。

わたしのアパートは、六畳の居間とキッチンにバス・トイレが付いて、家賃は四万三千円。居間では、単身者用の小さなコタツを、テーブル代わりに使っている。

わたしはティーバッグで紅茶をいれ、小皿とフォークといっしょに、コタツテーブルに持っていった。

めぐみが、箱からストロベリーショートを取り出し、自分の皿に置く。いただきまあす、と声をあげ、フォークで生クリームをすくってぱくついた。子供のような笑顔を輝かせる。

「うん、おいしい！」

　わたしは、チョコレートケーキを選び、一口運んだ。コクに深みがあった。

「松ちゃん、刑務所を出て、最初に何を食べた？」

「何だったっけ、憶えてないな」

「ほんとかよ。あたしは憶えてるよ。生クリームが山盛りになったショートケーキ。塀の中にいるときから、絶対に十個食べてやると決めてたもん」

「食べたの？　十個も？」

「もちろん。そのあと吹き出物が出て困ったけどな」

　わたしは笑った。

「刑務所にいたころからは、想像つかないわね。憶えてるわよ、たしか大福餅《だいふくもち》が配られたときに、めぐみはハイチの女の子にあげたのよね。月に一回しかもらえないのに、甘いものは嫌いだって。でもそれが看守にばれちゃって、懲罰房に入れられた。ほんとうに甘いものが嫌いだったの？」

「そんなわけないだろ。やせ我慢だよ」

「前から聞こうと思ってたんだけど、どうしてそこまでして、トイチを続けたの？　別に、そういう趣味があったわけじゃないんでしょ？」

「たしかにレズビアンじゃないけど、誰かに思いを寄せられるのって、気分がいいんだよ。

たとえ女からでもさ」

めぐみがショートケーキを平らげ、チーズケーキに手を伸ばした。一口食べて、フォークを置く。口を動かしながら、バッグから一本のビデオテープを取り、わたしに差し出す。

わたしは、チョコレートケーキの最後の一口を飲みこんでから、受け取った。

パッケージに、めぐみの全身写真が載っていた。わたしがセットしたベリーショートの髪に、グレーのテーラード・ジャケットとタイトスカート。両手で書類のファイルのようなものを抱え、こちらを見つめている。真っ赤なルージュの輝く口元には、自信に満ちた笑みが浮かんでいる。立ち姿は凜として、惚《ほ》れ惚《ぼ》れとするほどだった。その横に仰々しく打たれたタイトルが、

『水沢葵《みずさわあおい》・社長秘書は超淫乱《いんらん》！』

その脇には、口にするのも憚《はばか》られる宣伝文句が綴《つづ》られている。

パッケージをひっくり返すと、心臓が跳ねた。めぐみのあられもない姿が、いくつも載っていた。自分の裸体をまさぐって恍惚《こうこつ》とするシーン、男優に激しく責められているシーン。

わたしは、めぐみの顔を、見つめてしまった。

めぐみは、我関せずといった顔で、チーズケーキを口に運んでいる。

「水沢葵っていうのは、あたしの芸名。これ一本で二百万もらったよ。このギャラは破格ら

しい。撮影は大変だったけどね」

「ほんとうにセックスしたの？」

「まさか。本番はしなかったよ。そこまでやっちゃったら、旦那がかわいそうだろ」

わたしはもう一度、パッケージに目をやった。

「観《み》てもいいよ」

わたしは、首を横に振った。ビデオテープを返した。

「うち、ビデオないから」

めぐみが、ふうん、と言って、ビデオテープを引っこめる。

「めぐみは、観たの？」

めぐみが、考えこむような顔をしてから、

「見始めたけど……からみが始まったところで、目を背けちゃったよ。そうしたら、旦那に叱られてね」

わたしは目を剝いた。

「ご主人もいっしょに観たの？」

「そんな声、出すなよ」

「だって、よく観られるね」

「旦那が言うにはさ、これからこの業界でやっていこうと思ったら、自分の恥ずかしいシーンもちゃんと観ておかなくちゃ駄目だって。事務所の女の子たちが、自分のビデオをどういう気持ちで観ているか、理解しろって」

「厳しい人なんだ」

「仕事にはね。それ以外はへろへろだけど」

めぐみが、慈しむような目をする。すぐに険しい顔になり、

「たしかにステージで裸になるのと、ビデオでアヘアへ喘《あえ》ぐのは、ぜんぜん違うんだよ。ステージではお客の反応が返ってくるからね、自分はダンサーだ、エンターテーナーだって思えた。でもビデオの撮影現場って妙に白けててさ、演技すればするほど気持ちが醒《さ》めてきて、自分が惨めになって……。ただし、一本出るだけで二百万になるとは思わなかった。同じお金をステージで稼ごうと思ったら、大変だよ」

めぐみが、ふうと息を吐く。

「とにかく、いい勉強になった。これからはビデオの時代なんだって、実感できたし」

「まだビデオに出るの？」

「けっこう話が来ててね。できるだけやるつもりでいる。でも……一年が限界だろうな。旦那とも、一年って約束をしたし。そのあとは裏方に徹するよ。これからはきっと、アダルト

ビデオ女優がスターになる時代が来る。そういう逸材を見つけて、大儲《おおもう》けしてやるさ」

そして自分に言い聞かせるように、

「負けてたまるかよ」

めぐみが、窓に目を向ける。

「雨が降ってきたね」

その横顔が、わたしには眩しかった。そして、めぐみとは親友になれない、と直感した。

めぐみはその後、八本のアダルトビデオに出演した。「水沢葵」主演のビデオは、いずれも売り上げ好調らしい。撮影があるたびに、わたしがめぐみの髪をセットした。ベリーショートは、淫乱女優・水沢葵のトレードマークになっていた。めぐみが言ったとおり、水沢葵一人のおかげで、事務所経営も一息つけたそうだ。有望な新人も見つけたので、ビデオ出演は打ち止めにしたという。

わたしとめぐみの付き合いは、表面上は変わりなく続いた。めぐみは「あかね」に来店すると必ずわたしを指名し、ときには銀座の喫茶店やわたしのアパートでおしゃべりをする。

わたしは一度だけ、めぐみのマンションを訪れた。初めて紹介されためぐみの夫は、序二段の相撲取りのような巨漢で、笑った顔が恵比寿《えびす》様のようだった。夫を前にしためぐみは、少女のように屈託なく笑った。そのあとにもう一度、自宅に招待されたが、わたしは適当な理由をつけて行かなかった。

「あかね」での仕事は、無難にこなしていた。営業時間後の練習にも参加していた。しかし、秋にあった関東地区のカットコンテストには、出場しなかった。各店の出場枠が決められていて、「あかね」からは二名しかエントリーできなかったのだ。「あかね」からは内田先生と、二十代半ばのスタッフが出場した。内田先生は二位に入賞し、スタッフは十位にも入らなかった。春にワインディングのコンテストがあるので、そちらにエントリーしてはどうかと勧められたが、断った。

島津賢治のことは、思い出さなくなっていた。自分が何のために美容師を続けているのか、わからなくなるときがあった。

クリスマス・イブは、一人で過ごした。アパートの部屋で布団を被り、耳を塞いだ。年末年始も、一人で過ごした。餅も食べなかった。初詣《はつもうで》にも行かなかった。バレンタインデーには、チョコレートを買わなかった。暖かくなってきたと思ったら、桜の開花が宣言されていた。花見はしなかった。

真夜中、どうしてもお腹がすいて、冷蔵庫を開けたら、空っぽだった。文字どおり、何も入っていなかった。わたしは、空腹のまま、布団に戻った。

3

「おかしくなったのは、あの男が店に現れてからだったね」

「龍という人ですね」

「名前は知らないけど、背の高い、ちょっと陰のあるいい男だったよ」

「美容院の客として、来たんですか？」

「いや、女の人の連れで来ていたね」

「恋人、ですか？」

「そういう雰囲気じゃなかったね……推測だけど、女の人は、どこかの組の姐さんか何かだと思うね。その男は、ただのボディガードか、運転手みたいな感じだったよ」

「組っていうのは……」

「暴力団。その男、暴力団の下っ端だったと思うよ」

「その人、龍洋一っていうんですけど、松子伯母さんの教え子だった人です」

「そういえば、履歴書にも書いてあったね。中学校の先生をやっていたって。じゃあ、そのときの？」

「はい」

内田オーナーが、ゆっくりと首を振った。

「……奇縁だねえ」

「松子伯母さんは、最初からそれが龍さんだと、わかったんでしょうか？」

「それは無理だったんじゃないの。中学生といい大人じゃあね。でも、その龍って男のほうは、わかったみたいだね。これも憶えているんだけど、その男が突っ立ったまま、口をあんぐり開けて、松子のほうを見てたものね。そしたら、いっしょに来ていた女の人から、ひどく叱られてね。人の言うことをろくに聞かないで、よそ見しているってね。その男、顔を真っ赤にして、ぺこぺこ頭さげてたよ」

「二人は同棲していたそうなんですけど、気づいていましたか？」

「いつからいっしょに住んでたのかは知らないけど、あの男が松子の送り迎えをするようになったから、付き合いだしたんだなとはわかったね。さすがに店の中までは入ってこなかったけど、ドアのすぐ外で立ってるんだものね。別に誰と付き合おうがいいんだけどさ、なんとなく、嫌な感じになってきたなあとは、思ってたのね」

4

昭和五十八年五月

その日わたしは、営業時間後の勉強会を休み、一人で家路についた。

店の入っているビルを一歩出ると、縁日の夜のような喧噪《けんそう》が、通りに満ち溢れていた。スーツ姿のサラリーマンは赤ら顔で笑い、流行のブランド服に身を包んだ若い女性たちは、我こそ銀座の主役という顔で闊歩《かっぽ》している。

どうしてそんなに笑えるのか。どうしてそんなに自信ありげに振る舞えるのか。いったい、何がそんなに楽しいのか。

わたしは、自分とあまりに無縁な光景に、軽い目眩《めまい》を覚えて、立ちすくんだ。

自分の居るべき場所は、たぶん、ここではない。わたしにとって安住の地は、どこか他にある。きっとある。あるはずだ……。

「川尻先生」

びくりとして、振り返った。

背が高く、肩のがっちりした男が、立っていた。頭髪はパンチパーマ。ペイズリーのプレーンシャツに、白のチノパンツ。足もとは焦げ茶色のウィングチップ。

「やっぱりそうだ。川尻先生でしょ。大川第二中学の」

男が近づいてくる。顔が見えた。見覚えがあった。きのう「あかね」に来ていた男だ。たしか若い女性の連れだったはずだ。女性から派手に叱られていたので、印象に残っている。

わたしは、後ずさった。

「あなたは？」

「わかりませんか。俺です」

「……誰？」

「龍洋一です、三年二組の」

顔を凝視した。

そう言われれば、面影が残っているような気がする。

「龍くん？……ほんとうに、あの、龍洋一くんなの？」

「はい。そうです」

わたしは、いま自分がどこにいて何をしているのか、見失いそうになった。

龍洋一。

その名を聞くのは、口にするのは、何年ぶりだろう。

龍洋一と最後に交わした言葉は、憶えている。

『こんど来たら、殺す』

龍洋一は、わたしに憎悪の目を向け、そう吐き捨てたのだ。あの日の校長室では、言葉を交わすどころか、目を合わせようともしなかった。

「美容院で最初に見かけたとき、似ているとは思ったのですが、まさか先生のはずはないと……川尻と呼ばれている声を耳にして、ほんとうにびっくりしました」

龍洋一が、嬉しそうに歯を剝いた。

わたしの頰が強《こわ》ばった。

「ここで、わたしを、待ってたの？」

「話がしたくて……あの、メシ、まだだったら、いっしょにどうですか？」

龍洋一の真意が、わからなかった。

わたしを憎んでいたんじゃないの？

どうしてそんな、嬉しそうな顔をするの？

「……ごめんなさい、わたし、急ぐから」

龍洋一の顔に、失望の影が射す。しかしすぐに笑顔を繕い、

「どちらまでですか？　よかったら、送らせてください」

龍洋一が、路上駐車してある車に、目をやった。古い型の国産高級車だった。

「ほんとに、わたしを、待ってたの？」

「すみません。でも、店の中で声をかけたら、迷惑をかけるかも知れないし……」

わたしは、頭が混乱するばかりで、継ぐ言葉を見つけられなかった。

沈黙が流れる。

龍洋一が、ばつが悪そうに俯いた。

「あの……いえ、俺やっぱり、これで失礼します。先生に会えて、嬉しかったです。ほんとうに嬉しかったです。それじゃあ、お元気で」

龍洋一が、頭をさげ、背を向ける。

「待って」

龍洋一が立ち止まった。振り返る。

その一瞬、すべてが静止した。

わたしは、笑みをつくった。

「せっかくだから、送ってもらうわ」

龍洋一の顔に、喜びが広がる。

「ど、どうぞ！」

龍洋一が、助手席のドアを開けてくれた。わたしがシートに座るのを見届けてから、軽やかな足取りで車の前を回り、運転席に乗りこんだ。

わたしは、アパートの住所を告げた。

「赤羽ですね。わかりました」

龍洋一の声が、弾んでいた。

わたしは、背もたれに身体をあずけた。龍洋一は、ときどきクラクションを鳴らしながら、銀座の狭い通りをのろのろと進む。車窓を横切る人々は、みな楽しそうだった。

わたしは、龍洋一の横顔を、見つめた。

龍洋一が、ちらとわたしを見て、照れたような笑みを浮かべる。

「龍くん、いくつになった？」

「二十七です」

「もうそんなになるの。変わるはずだわ」

「先生は、変わってませんよ」

「大人になったのね、見え透いたお世辞を使うなんて」

「お世辞じゃありません」

龍洋一が声を張りあげた。

「お母さんと妹さんは？」

「母親は、男をつくって出て行きました。いい歳して、懲りない女ですよ。妹も行方知れずで……行方知れずは、俺のほうかも知れませんけどね」

龍洋一が、ふっと笑った。

「きのういっしょにいた女の人は？」

「カシラの愛人です。俺は、運転手兼荷物持ちです」

「ヤクザになったの？」

「やっぱりって思ってるでしょ」

わたしは黙った。

車内に漂う、甘い香りに気づいた。目の前のキャビネットに、芳香剤が置いてあった。容器の中に赤い液体が、たっぷり入っている。それが小刻みに、揺れている。

「……龍くん、人を殺したこと、ある？」

龍洋一が、躊躇《ため》いがちに、首を振った。

「わたしはあるわ」

龍洋一が、こちらに顔を向けた。あわてて前に戻す。

「わたしは雄琴で、トルコ嬢をやってたのよ。そのときのヒモを包丁で刺し殺して、懲役八年。ちゃんと務めあげて出てきたのが一年前」

車は狭い通りから、晴海通りに出た。少しだけ、スピードが上がった。

「これでもわたしは、変わっていないって言える？」

「……俺のせいですね」

龍洋一の声が、低くなった。

「なにが？」

「俺のせいで、先生は学校を辞めなきゃならなくなった。でも、まさかあんなことになるなんて……」

「修学旅行のときにお金を盗んだのは、龍くんなの？」

間が空いた。

「……はい」

「そう。ほんとうに、そうだったのね」

「すみません」

「昔のことよ」

「でも……」

「もうひとつだけ、正直に答えて」

「はい」

「そんなに、わたしのことが、嫌いだったの？　憎んでたの？」

長い沈黙。

「正直に言ってくれて、いいのよ」

「違います」

「でも、最後に龍くんは、わたしを殺すって言ったわ。あんな怖い目で睨まれたの、初めてだった」

「好きだったんですよ」

絞り出すような声だった。

「え？」

「俺、先生のことが、好きでした。好きで、好きで、たまらなかった」

まったく予想外の告白だった。

心臓の鼓動が、速くなる。

「……じゃあどうして、あのとき」

「俺だってわからない」

「知らなかった。まさか龍くんが、わたしのことをそんなふうに……」

龍洋一の目に、光が宿った。強面《こわもて》のヤクザには似つかわしくない、澄んだ光だった。

わたしは急に、いじわるをしたくなった。

「ねえ、龍くん」

「はい」

「わたしのどこが好きだったの？」

「……ぜんぶ」

「かわいいことを言うのね。あのころの龍くんからは、想像できない言葉よ」

「先生……」

「わたしの裸を想像して、自慰をしたことある？」

龍洋一が、言いよどむ。

「正直に言いなさい」

「……ある」

「よろしい。ご褒美に、寝てあげようか」

龍洋一が、息を呑んだ。

「もうオバサンだし、数え切れないくらいの男に弄《いじ》られた身体だけど、それでもよければ寝てあげるわよ。もちろん、タダで。龍くんも、それを期待してたんじゃないの？」

「そんな言い方、よしてください」

感情を必死に押し殺したような声だった。

沈黙が車内に満ちていく。

「怒った？」

龍洋一は答えない。

「ごめんね」

わたしは呟《つぶや》いた。シートに座り直した。ぼんやりと前を見る。

「夢を壊しちゃったね。思い出は、綺麗なままのほうがいいものね。きっと、あなたが好きだった川尻先生は、わたしとは別人なのよ」

それから龍洋一は、ひと言も口を利かなかった。

車でアパートに帰るのは初めてだったので、どこを走っているのか、見当もつかなかった。このままどこかのホテルに連れこまれるのだろうかと考えていたら、見覚えのある街並みが現れた。

「次の路地を右に入って」

龍洋一が、言われたとおりにハンドルを切った。

「そこの二階建てのアパートの前で降ろして」

車が停まってから、自分でドアを開けて、降りた。頭をかがめ、運転席に向かって、

「ありがとう、龍くん。先生もあなたに会えて、嬉しかったわ」

龍洋一が、前を向いたまま、小さく頭をさげる。口がへの字に曲がっていて、いまにも泣きだしそうだった。

わたしは、ドアを閉めた。

龍洋一の車は、クラクションも鳴らさず、走り去った。

わたしは、赤いテールランプを見送ってから、アパートの階段をのぼり、バッグから鍵を出して、部屋に入った。

居間の照明を点けると、物音ひとつしない空間が、浮かびあがった。蛍光灯が、ちらついた。

わたしは、バッグを隅に放り投げ、うずくまって膝を抱えた。

『わたしのどこが好きだったの?』

『ぜんぶ』

龍洋一の言葉を、反芻《はんすう》する。

『わたしの裸を想像して、自慰をしたことある?』

『……ある』

『よろしい。ご褒美に寝てあげようか』

膝に顔を埋めた。

なぜあんなことを言ってしまったのか。

どうしてわたしは、こんな性格なのだろう。

車のエンジン音が聞こえた。

わたしは顔をあげた。ドアに走った。部屋を出て、前の通りを見おろす。古い型の国産高級車が、停まっていた。ライトは点灯したままで、エンジンもかかっている。息を呑んで、その車を見つめた。やがてライトが消え、エンジン音も途絶えた。しかし、中にいるはずの龍洋一が、降りてくる気配はない。

十分が経った。

何も起こらない。

龍洋一の車であることも、彼がまだ中にいることも、間違いない。どういうつもりなのか。まさか朝まで待って、店に送るとでも言いだすのだろうか。いや、わたしがここに立っていることには、気づいているはずだ。気づいていて、なぜ車から出てこないのだ。

二十分が過ぎた。

車内で、ちらと人影が動いた。こちらを窺《うかが》い見たのだろうか。あわてた様子で、また身を小さくする。

わたしは、鼻を鳴らした。頬が緩んだ。

「世話の焼ける子ね」

階段をおり、龍洋一の車に近づいた。助手席のドアを開け、中を覗きこむ。

「龍くん？」

「先生、俺……」

龍洋一の頬は、涙で光っていた。

「わかったから、話は中でしましょ。ね？」

わたしは、龍洋一を部屋に招き入れ、これまでにあったことを、すべて話した。

修学旅行の下見のとき、田所《たどころ》校長にレイプされそうになったこと。その確執から、盗難事件の責任を問われ、失踪に至った経緯。徹也との同棲と、彼の自殺。徹也の友人、岡野《おかの》との不倫関係と破局。トルコ嬢となって小野寺となじみになり、雄琴に移って覚せい剤に手を出したこと。小野寺を殺してしまったこと。自殺するために訪れた玉川上水で、理容師の島津と知り合い、いっしょに住んだこと。そして島津からプロポーズされた直後に、逮捕されたこと。刑務所で美容師の資格を取り、出所後に島津の店を訪ねたが、島津はすでに結婚して、子供も生まれていたため、会わずに帰ってきたこと。銀座の「あかね」に就職して、一年が過ぎたこと。

龍洋一は、顔を伏せ、黙って聞いていた。

「わかったでしょ。わたしは、男から男へ、流されるように生きて、人殺しまで犯して、結局、何ひとつ手にできなかったのよ。残ったものは、美容師の資格だけ。二中にいたころとは、違うのよ」

龍洋一が、膝の上で、拳を握った。

「あの田所校長が、先生にそんなことをしていたなんて……俺はあいつを喜ばせただけだったのか。ちっくしょう！」

「龍くん、そのことは、もういいのよ」

「よくないですよ！　知ってますか？　あいつ、あのあと県議会議員になったんですよ。教育の専門家というふれこみで。俺が少年刑務所にいたときにも、視察に来たことがあるんです！」

「お願いだから、そんなに大きな声を出さないで」

「すみません、でも……」

「ここに戻ってきたのは、もっと大切な用事があるからじゃないの?」

龍洋一の顔が、強ばった。座り直し、背すじを伸ばす。伏し目がちに、荒い呼吸を繰り返す。一分くらい、微動だにしなかった。頻繁に瞬きを始めたと思ったら、いきおいよく顔をあげた。

「俺、いままでも、先生が好きです」

「それで?」

わたしはわざと、冷たく返した。

龍洋一が、肩を落とし、目を伏せた。

「龍くん、ちゃんとわたしの目を見て、言いなさい」

龍洋一が、目をあげ、口元を引き締める。

「俺と……寝てください」

「寝るって、どういうこと?」

「その……先生を、抱かせてください」

「むかし憧れた女教師を、ものにしたいってわけね」

龍洋一が、何を言われたのか、わからないような顔をした。

「一度セックスできたら、それで満足なのね」

龍洋一が、首を横に振った。激しく振った。

「違う、そんなつもりじゃない。俺は真剣なんです。先生を愛してるんです！」

「愛してるなんて、軽々しく言うものじゃないわ」

「軽々しくなんて……」

「ただ一度きりのセックスなら、やらせてあげる。好きにしていいよ。でも、愛してるなんて言葉、二度と口にしないで」

龍洋一の顔から、表情が消えた。

「口にしますよ」

低い声で言った。

「俺は、先生のことを、愛してます」

「そんなこと、言っちゃだめ」

「本気です」

「龍くんは、自分が何を言っているのか、わかっていない。あなた、先生の命を俺にくれって言ってるのよ。女に求愛するって、そういうことなのよ」

「わかってるつもりです」

わたしは、龍洋一と、見つめ合った。

「先生こそ、俺の気持ちを、誤解してる。先生は俺にとって、一生に一度の恋なんです。そのためなら俺、自分の命だって……」

「馬鹿ね」

わたしは無理に、笑みを浮かべた。

「こんなオバサンなのよ」

「歳なんて関係ない」

「何百人という男に身体を売ってきた、汚れた娼婦《しょうふ》なのよ。人殺しまでしでかした女なのよ」

「人殺しだろうと娼婦だろうとかまわない」

「こんなわたしでも、愛してくれるの？」

「はい」

「ほんとうに？」

「もう、嘘は、つきません」

龍洋一の目は潤み、顔は紅潮していた。まるで、中学生に戻ったかのように。

なんだろう、この胸の奥に灯《とも》った、温かな光は。久しく感じていなかった光は。

なんだろう、この締め付けられるような、甘い高揚は。

なんだろう、この揺るぎない気持ちは。

「後悔、するわよ」

「しない」

「龍くん……」

胸から、言葉が、溢れてくる。

止められない。止めたくない。

「抱いても、いいよ。でも、二つだけ、お願いをきいて」

「言ってください」

「先生って呼ぶのはやめて。松子でいい」

龍洋一が、うなずく。

「それから……」

「はい」

「これからずっと、わたしといっしょに、いてくれる？」

「います、ずっといっしょにいます」

「信じるわよ、ほんとうに、信じていいのね」

「信じてください。俺、ずっと先生……松子、といっしょに、いる」

わたしの身体の中で、抗いきれない衝動が、爆発した。龍洋一の胸に、飛びこんだ。厚い胸板に頬を寄せ、背中に腕を回した。目を閉じる。逞しい心臓の鼓動が、心地よかった。

龍洋一の腕が、遠慮がちに、わたしを包む。

「もっときつく抱いてよ」

龍洋一の腕に、力が入った。

大きな温《ぬく》もりが、全身に浸み透っていく。心を覆っていた殻に、ひびが走る。ぼろぼろと崩れ始める。裸の感情が、殻を破って、流れ出る。

「わたしのこと、好き？」

「好きだ」

「愛してる？」

「愛してる」

「ずっと、そばにいてね」

「ずっと、そばにいる」

「約束よ」

「約束する」

「破ったら、わたし、死ぬからね」

「破らない。俺は、松子を、愛してる」

「ねえ……」

「うん」

「もう一度、言って」

5

「松子はカットコンテストを目指していたのね。そのために、営業時間後も残って練習していたんだけど、その男と付き合いだすころから、練習を休みがちになってね。松子が入って最初のコンテストが秋にあったんだけど、それには遠慮してもらったのね。当時は出場枠があって、私の店からは二人しか出られなかったから、私と、もう一人はスタッフの若い子に出てもらったのね。その子には前から約束してあったし。松子はスタッフの中では最年長だったけど、やっぱり新入りだからね。次の機会に回ってもらったのね。それが面白くなかったのかね。それを境に、ぎらぎらしていたものが、薄れていった感じでね。そこにあの男が現れて、だめ押しになったのね。初めて店に来たときとは、別人のようになっちゃって」

「どうして、そんなふうになったと思いますか?」

「結局、男だね。男ができるとね、いっそう仕事に精を出すタイプと、男にのめりこんで、仕事がおろそかになるタイプがいるけど、松子は後のほうだったみたいだね。もともと、美容師が好きでなったわけじゃないようだしね。なまじ手先が器用で、上達が早かったぶん、醒めるのも早かったんだろうね。悔しいというか、残念だったよ」

「そのあと、すぐに店を辞めたんですか？」

「二カ月くらい後だね。でも、辞めたわけじゃないよ」

「？………」

「本人からそういう話があったんじゃなくて、急に店に出てこなくなったんだよ。最初の日はね、たしか本人から電話があった。気分が悪くて休むってね。そこまではよかったんだけど、次の日も出てこなくてね、その日は何の連絡もなかったから、アパートに電話したら男が出て、風邪《かぜ》で寝こんでしばらく休むってね。それならそれで電話くらいしろとは思ったけどね、まあ、風邪なら仕方がないか、くらいに私は考えてたんだ。ただ、その日はたまたま、沢村さんの指名が入ってたのね。事情を話したら、沢村さんは何か引っかかったようでね、夕方になってから、松子のアパートまで行ってみたんだって。そうしたら……」

「風邪じゃなかったんですか？」

内田オーナーが、うなずいた。

「沢村さんも、そこで何があったのかは話してくれなかったけど、とにかく松子にはがっかりさせられたって言ってたね。松子を見損なったって。もっと骨のある奴かと思っていたって。結局、松子はその日から、店に出てこなくなった。一週間たっても、何の連絡もなかった。私も、雇った責任があるし、けじめだけはつけたかったから、それまでのお給料を持って、アパートに行ってみたのね。ひとこと言ってやりたかったしね。そしたらさ……」

内田オーナーが、顔を顰める。

「チャイムを鳴らしても反応がなかったのに、ドアの鍵が開いていたのね。でも人のいる気配はないのよ。なんだか胸騒ぎがして、思い切って中に入ってみたのね。

もうびっくりさ。ガラスは割られてるわ、土足で歩き回った跡はあるわ、何から何までひっくり返されてて、ほんと、嵐が通り過ぎたような有様だった。あわてて警察に電話したよ」

「それで、松子伯母さんは?」

「影も形もなかった」

「……どういうことなんですか?」

「わからないよ。三日後に警察が店に来てね、松子について調べていったよ。私には、何がどうなってるんだか、見当もつかなかった。後になって沢村さんから、松子が警察に逮捕されて、刑務所に入れられたことを教えてもらったのね」

「また刑務所に……こんどは何を?」

「知らないよ。聞きたくもなかったしね。松子とは、それっきりさ。沢村さんも、ずいぶん悔しがっていたよ。無理にでも、あの男と引き離せばよかったたってね。私が松子について知ってるのは、これだけだよ」

内田オーナーが、ちらと窓に目をやった。

「じつはね、その男、最近になって、ここに来たのね」

「龍さんが？」

「うちの店を探してたらしいんだけど、昔のビルはもう取り壊されてたからね、苦労して、この場所をつきとめたんだって。松子を探してるから、沢村さんの連絡先を教えてくれってね。沢村さんなら、何か知ってるんじゃないかって思ったらしいのね。もちろん、お客様のプライバシーを教えるわけにはいかないから、断ろうと思ったんだけど、かわいそうなくらい一所懸命だったし、かつてのスタッフのことでもあるから、沢村さんに事情を話したのね。そうしたら、一度だけ会うってことになってね。沢村さんも、その男に聞きたいことがあったらしくて。私はもう、興味なかったから、その場には居合わせなかったけど」

内田オーナーが、息を吐いた。視線を宙に向ける。

「……そう、松子は死んじゃったの」

俺は「ルージュ」を出てから、銀座の通りをあてもなく歩いた。

松子伯母は、龍さんと付き合いだしてわずか二カ月で、ふたたび行方をくらませた。せっかく得た美容師の職を捨てて。部屋が荒らされていたことを考えると、何者かに拉致《らち》された可能性もある。そして最終的には、警察に逮捕された。

松子伯母は二度までも、服役していたことになる。一度目は殺人。二度目は何だろうか。

アパートから姿を消した松子伯母の身に、何があったのか。

龍洋一。

すべては、龍さんが知っているはずだ。どうしても、もう一度会わなくてはならない。

俺は、携帯電話と、後藤刑事からもらった名刺を取り出し、名刺に書かれた電話番号にかけた。女の人の声が返ってきた。後藤刑事をお願いします、と言うと、後藤は外に出ているので後からかけ直させる、とのことだった。俺は、自分の名前と携帯電話の番号を告げて、電話を切った。

十分くらいで携帯電話が鳴った。

『よっ、少年。何か情報でも？』

「そうじゃないけど……龍さん、どうなったの？」

『ああ、あの男？　アリバイが成立したから、とっくに出しちゃったよ。教会で、牧師の手伝いをしていたんだってさ』

「何ていう教会？」

『ちょっとタンマ』

　紙をめくる音が漏れてきた。

『ええとね、杉並のイエス・キリスト教会……そのまんまだな』

「杉並のどこ？」

『ううんと、これは環八の神明通《しんめいどおり》交差点をだね、左に入って……かな』

　静かになった。

「もしもし？」

『わるい。電話番号教えるから、直接聞いてもらえる？　おれ、場所を説明するの、苦手なんだわ』

　俺は電話番号を教えてもらい、携帯電話に記憶させた。

『それから新しい情報が一つ。被害者、つまり君の伯母さんはね、あの部屋で暴行を受けたわけじゃないらしい。別の場所で殺されて部屋に運ばれたか、あるいは自力で戻って部屋で息絶えたか。もともとあの部屋には争った形跡がなかったから、そうじゃないかとは思ってたけどさ。きのう目撃者が出てね。暴行現場もだいたい特定できた』

「どこですか？」

『千住旭《せんじゅあさひ》公園って知ってる？』

「……知らない」

『けっこう大きな児童公園なんだけど、被害者のアパートからはちょっと離れてるんだよね。夜の散歩をしていたのかも知れないけど、どうして真夜中にそんな場所に行ったのか、あるいは連れて行かれたのか、誘い出されたのか、そのあたりはわからないんだけど』

「犯人は？」

『まだ捕まえてはいないけど、目星はついている。近いうちに、逮捕できると思う。期待してくれていいよ。じゃあね』

切れた。

俺はすぐに、後藤刑事に教えてもらった番号に電話した。

たしかに龍さんは、教会で働いていた。龍さんと話がしたいと告げると、いまは牧師といっしょに外出しているが、午後二時くらいには戻ってくるはずだと返答された。教会の場所を確認したところ、京王井の頭線高井戸《たかいど》駅から環状八号線を北上し、神明通交差点を左折して西荻窪方面に向かい、荻窪小学校の手前の路地を入って、二百メートルほど進んだところにあるという。

よく考えたら、西荻窪の俺のアパートの近くにも、神明通りが走っている。荻窪小学校の前の通りも、明日香と二人で歩いたことがあるが、それほど遠いとは感じなかった。俺のアパートから龍さんのいる教会まで、二キロも離れていないのではないか。

　俺は、大急ぎでJR有楽町駅に戻り、山手線、中央線を乗り継いで、西荻窪のアパートに帰った。駅前のコンビニで買ったおにぎりとウーロン茶で腹を満たし、パソコンの脇に放ってあった茶封筒を拾って、部屋を出た。少し迷ってから、アパートの自転車置き場から、自転車を引っぱり出した。上京してすぐに買ったはいいが、ほとんど乗らずに放置しておいた代物だ。財布の中に入れていた鍵を差しこむと、がちゃんと音がして、スポークの間に突き出ていたロック棒が引っこむ。俺は、サドルの埃をはらって、またがった。


　教会は、L字型の平屋だった。壁は白く、赤い三角屋根のてっぺんには、十字架が載っている。出入り口は二カ所あった。奥の出入り口には、アルミサッシの扉が閉まっている。手前の出入り口の脇には「イエス・キリスト教会」の文字があって、白木の扉が開け放たれていた。教会の入り口は、こちらなのだろう。

　俺は自転車から降りて、中を覗いた。長椅子が整然と並べられていた。正面の壁には、銀色の十字架。その前に、大理石製の演壇が置いてある。演壇では、銀色の燭台《しょくだい》が、鈍い光を放っている。

　演壇の脇の扉が開いた。

ころころと太った女の人が現れた。四十歳くらいだろうか。茶色い髪にはパーマがかけてあるが、顔は浅黒く、化粧はしていない。キティちゃんのエプロンを着けていた。

俺を見て、驚きもせず、にっこりと微笑んだ。足早にいちばん後ろの長椅子まで来ると、膝を折って屈みこむ。手にしていた雑巾で、長椅子を拭き始めた。両手で雑巾を押さえ、ゆっくりと座面を滑らせる。その顔つきは、真剣そのものだ。

「あのう……」

俺が声をかけると、女性が顔をあげて、

「はい」

と嬉しそうな声をあげた。

「龍さんに会いに来たんですけど」

「あ、龍さんですか。奥にいますよ。どうぞご自由に」

女性がふたたび、雑巾がけに戻った。

俺は、女性の出てきた扉を開け、入った。すぐのところに三和土《たたき》があり、その先に、黒光りする板張りの廊下が延びていた。右手にガラスの引き戸が並んでいて、突き当たりがトイレになっている。

俺は、足もとの段ボール箱からスリッパを取り、履き替えた。

「龍さーん、お客さんですよー」

背後から大声が響いた。

さっきの女性が立っていた。俺が呆気にとられて見ていると、女性が、へへへ、と笑い、また長椅子のほうへ駆けていく。

目を廊下に戻すと、奥のガラス戸が開き、龍さんが現れた。グレーのズボンに、白いTシャツ姿。裸足《はだし》だった。大股《おおまた》で近づいてくる。笑顔が弾《はじ》けた。

「笙さん！」

俺は、ちょこんと頭をさげた。

「よくここがわかりましたね」

「刑事さんに聞きました。警察の疑い、晴れたそうですね」

「ええ。ここの牧師様が、証言してくださったのです」

「沢村社長に会ってきましたよ」

「松子が死んだことを？」

「伝えました。ショックだったみたいです」

龍さんが、小さくうなずく。

「これ、渡そうと思って」

俺は、部屋から持ってきた茶封筒を、差し出した。

龍さんが、受け取る。

「これは？」

「松子伯母の部屋で見つけたんです。たぶん、龍さんが持っていたほうが、いいんじゃないかと思って」

龍さんが、茶封筒の中身を、つまみ出した。

セピア色に変色した、振り袖姿の川尻松子。二十歳。

龍さんは、黙ったまま、写真に見入っていた。写真を封筒にしまい、鼻を啜った。

「ありがとう、笙さん」

「綺麗な人だったんですね」

「ええ」

「俺、大津の地方検察庁に行って来たんです。松子伯母さんの事件を調べるために」

龍さんの両眉が、すっと上がる。

「龍さんは、松子伯母さんが殺人事件を起こしたことを、知っていたんですか？」

「松子の口から、聞いたことがあります」

「龍さんは、刑務所を出てから、銀座の『ルージュ』という美容院に、行ったんですね」

「ええ、そこの内田さんを通じて、沢村さんに会うことができたのです」

「俺、きょうは、龍さんにお願いがあって来ました」

「……なんでしょうか？」

「さっき『ルージュ』の内田さんに、話を聞いてきました。龍さんと松子伯母さんは、美容院で再会して、付き合いだした。でもしばらくすると、松子伯母さんが店に出てこなくなった。連絡がつかないのでアパートを訪ねたら、部屋の中がむちゃくちゃに荒らされていた。松子伯母さんも行方不明になったと思ったら、警察に捕まっていた。そう聞きました。お願いというのは……」

俺は、息を吸った。

「そのとき、龍さんと松子伯母さんに何があったのか、話してくれませんか？　松子伯母さんは、二度目には何の罪で捕まったのか。それと……」

躊躇ってから、付け加えた。

「龍さんが犯した殺人事件と、松子伯母さんが関係あるのかどうか、教えてもらえませんか？」

龍さんが俯いて、何かをぼそぼそと唱えた。

顔をあげる。

覚悟を決めた目で、俺を見た。

「外を歩きながら、話しませんか？」

俺は、うなずいた。

6

その日から龍洋一が、わたしの部屋で寝起きするようになった。付き合っている女が何人かいたらしいが、金を渡して別れてきたと言った。

いっしょに住み始めて三日目の夜、愛し合っている最中に、ピーピーピーと甲高い音が響いた。龍洋一が弾かれたように離れ、ジャケットをひっつかんだ。内ポケットに手を突っこみ、小さな箱のようなものを取り出す。音が鳴りやんだ。

「なんなの、それ？」

わたしは、絶頂を迎える寸前に抜かれて、苛立《いらだ》っていた。

龍洋一は答えず、小箱をポケットに戻し、裸のまま電話に駆け寄り、受話器をあげて、ダイヤルを回す。

「俺です」

低い声が、薄闇に染みた。

わたしは、背中一面に彫られた、天女と龍の刺青《いれずみ》を、ぼんやりと見た。龍洋一が、ときおり小さな声で、はい、とか、ええ、とか答えている。

「いつものホテルの五二四……わかりました」

受話器を置くと、あわてた様子でトランクスを穿《は》いた。シャツを被り、靴下を穿く。

「どうしたの?」

わたしは上半身を起こし、胸を毛布で隠した。

「出かける」

「いまから? 真夜中よ」

龍洋一が、ピンストライプのプレーンシャツに腕を通し、チノパンツを穿き、ベルトを締める。麻のジャケットを着て、わたしの目の前に腰を落とした。

「仕事なんだ。ごめん」

両手でわたしの頰を包み、キスをする。わたしは、目を瞑ってキスを受けながら、龍洋一の右手を、乳房に誘《いざな》った。強くつかまれた。

「痛……」

声を漏らす。目を開けると、龍洋一が、優しく微笑んでいた。

「気をつけてね」

龍洋一が、うなずいた。立ちあがり、ドアに向かう。

わたしは、パジャマの上衣だけ肩に羽織り、龍洋一の後を追った。三和土のところで、もう一度キスを交わした。

「行ってくる」

「気をつけて」

龍洋一が、ドアを開け、出て行く。

わたしは、ドアの施錠をしてから、布団に戻った。龍洋一の温もりの残る床で、三十五年の人生で初めて、自慰をした。満足すると、ぐったりとして、目を閉じた。

まさか、教え子の龍洋一と同棲することになるとは、あのころは想像もしなかった。金木《かなき》淳子《じゅんこ》が知ったら、どんな顔をするだろう。人生はわからないと、つくづく思う。

目を開け、身体を起こした。部屋を見回す。龍洋一の荷物の入った旅行鞄《かばん》が、隅に置いてある。ある。洗面台には、電動ひげ剃りと歯ブラシもある。この部屋ではたしかに、わたしと龍洋一が暮らしている。現実なのだと、あらためて感じた。

龍洋一が戻ってきたのは、二日後だった。わたしが美容院から帰ると、布団で鼾《いびき》をかいていた。わたしは、脱ぎ散らかされた衣服を拾い、ハンガーにかけた。その時、ジャケットの内ポケットから、封筒が落ちた。ポケットに戻そうとして、息を吞んだ。封筒から、一万円札がのぞいている。三十万円くらい。私は、何も見なかったことにして、封筒をポケットに戻した。

その後も龍洋一は、十日から二週間に一回の割で、呼び出しを受けた。ポケットベルが鳴るのは夜中で、出て行くと二日間は帰らない。呼び出しを受けていない日は、「あかね」まで送ってくれた。帰りも店の外で待っていてくれた。

初めて出迎えをしてもらった日には、外で食事をして、渋谷のホテルで一夜を明かし、そのまま出勤した。するとインターンの女の子に、

「川尻さん、部屋に帰ってないんですか?」

と囁かれた。

わたしが返事に戸惑っていると、

「だって、服が同じだから。最近、勉強会に顔を出さないなあと思ってたら、そういうことだったんですね。やりますねえ、このこの」

と肘でつつかれた。

以来、仕事帰りにホテルを使うことがあっても、必ずアパートに戻ることにした。

わたしは、龍洋一と暮らし始めたことで、東京という大都会に、やっと根をおろせたような気がしていた。東京に限らず、龍洋一といっしょならば、地の果てでも生きていける自信があった。ひょっとしたら自分は、いま幸せなのかも知れないとさえ思った。

しかし、同棲生活が二カ月を過ぎるころ、やはりそれが幻想であることを、思い知らされ

た。

その日、美容院から帰宅すると、三和土に龍洋一の靴があった。

きょうは、龍洋一は部屋にいないはずだった。呼び出されたのが昨夜だから、いつもなら戻ってくるのは、明日の夜か明後日の朝になる。

わたしは、龍洋一の靴の隣に、自分のパンプスを並べ、部屋にあがった。

龍洋一が、布団に寝ていた。仕事が予定より早く終わったのだろうか。まいったな、と思った。帰りに食材を買ってこなかった。自分一人だから、簡単なもので済ませるつもりでいたのだ。龍洋一がいるとなると、そうもいかない。

わたしは、冷蔵庫を開けた。缶ビールが三本。牛乳の一リットルパックに食パンが三枚。マーガリン。卵が四個。未開封のハムを見つけた。まだ賞味期限前。よし、ハムエッグをつくるか。

あっと気づいた。

その前に、御飯を炊かなきゃ。

米びつの受け口に、炊飯器の釜《かま》をセットし、二合のボタンを押しこんだ。釜の中に、ざざっと米が落ちてくる、はずだったが、一合ほど落ちてきただけで、止まった。

いけない、お米も切らしてしまった。

頭を抱えそうになったが、何か変だと気づいた。米びつには縦長の窓がついていて、残りの量が見えるようになっている。窓を見る限り、米はぎっしり入っている。出口が詰まったのだろうか。

米びつの上蓋《うわぶた》を外した。米はたっぷり残っていた。米の中に手を突っこむ。指先が、米ではない何かに触れた。つまんで取り出す。米粒がぱらぱらと零れた。それは厚手のビニール袋で、何重にも包まれていた。透けて見える中身は、無色の結晶。どこかで見たことがある。

足もとから、冷気が這いあがってきた。

居間に顔を向けた。

龍洋一はまだ、鼾をかいている。

わたしは、ビニール袋を持って、居間に戻った。コタツテーブルの上に置き、正座し、龍洋一が目を覚ますのを待った。

龍洋一の鼾が止んだ。静かな寝息に変わる。わたしはその顔を、凝視し続けた。

龍洋一は、午後十時をまわったころ、ようやく目を開けた。わたしを見て、笑みを浮かべる。目を擦り、上半身を起こす。

「どうした?」

コタツテーブルの上に目をやる。あっと声をあげた。飛び起きた。袋を手にした。点検する。ほっと息を吐く。

「何なの、これ？」

龍洋一が、ちらとわたしを見た。

「俺のシノギだ」

「シャブでしょ。こんなにたくさん……密売？」

龍洋一が、俯く。

「洋くんも使ってるの？」

「………」

「正直に答えて」

「ときどきだ」

わたしは、息を吸いこんだ。

「わたしの友達が、シャブ中の男に殺されたこと、話したわよね」

龍洋一が、うなずく。

「洋くんがヤクザを続けたいのなら、続けてもいい。ほんとうはやめてほしいけど、洋くんがその世界で生きていきたいのなら、わたしは反対しない。でもシャブだけは、許せない」

龍洋一が、唇を嚙む。

「シャブをやめてちょうだい。打つのも、売るのも」

「それは……」

「やめて、お願いだから」

「金はどうする？　この歳になって、いまさら他のシノギはできない」

「それならいっそのこと、ヤクザをやめればいいわ」

龍洋一が、目をあげて睨んだ。

「洋くんはしばらく、のんびりしたらいいよ。わたしにも蓄えがあるし、美容院で働いているから、生活はなんとかやっていける。ね、そうしましょ」

龍洋一は、答えない。

「お願い。シャブから手を引いて……シャブを扱った手で、わたしに触らないで」

ポケットベルが鳴った。

龍洋一が、ベルを止めて、電話に走った。受話器を取り、ダイヤルを回す。

「俺です……はい……いえ、ちゃんと手元にあります。問題ありません。そちらはもう大丈夫ですか……わかりました。いまから持っていきます」

シャブの包みが、コタツテーブルの上に残されていた。わたしは、それを両手でつかみ、胸に抱いた。

龍洋一が、受話器を置く。わたしを見る。目に険が走った。右手を突き出した。

「出かける。それを渡せ」

わたしは、首を横に振った。

龍洋一が、右手を突き出したまま、近づいてくる。

わたしは、立ちあがって、後ずさった。

「渡せ」

「いや」

龍洋一の顔が、真っ赤に染まった。突き出されていた右手が、ゆっくりと振りあげられる。

「洋くん……」

身体が硬直した。風を感じた。暗くなる。火花が散る。身体が宙に浮いた。

龍洋一が、シャブの包みを、つかみあげた。泣きそうな顔で、わたしを見おろす。何も言わず、部屋を飛び出していった。足音が、小さくなっていく。聞こえなくなる。

わたしは、床の上で、仰向けになった。天井から吊《つ》るされた蛍光灯を、ぼんやりと見る。時計の秒針が、音を刻んでいた。

わたしは、起きあがった。左頬が、熱を帯び始める。化粧台の前に座り、三面鏡を開けた。

左頰が、赤紫色に腫《は》れあがっている。唇の端が切れ、血が滲んでいた。

綾乃は、浅野輝彦がシャブに手を出していたことを、知っていたのだろうか。やめさせようとしたのだろうか。殴られることもあったのだろうか。それでも浅野は、シャブをやめなかったのだろうか。愛する男に胸を刺されたとき、どんな思いが過《よ》ぎっただろうか。わたしもいつか、龍洋一に殺されるのだろうか。それでもわたしは、彼とともに生きていく覚悟が、できているのだろうか。

イエス。

彼は約束してくれた。ずっといっしょにいると。わたしを愛してくれると。なにを迷う必要がある？　殺されてもいい。彼を信じて、ついていこう。それ以外の生き方は、わたしにはもう、残されていないのだ。

わたしは、掌で、唇の血を拭った。


翌朝、「あかね」に電話し、気分が悪いので休むと告げた。その日はずっと部屋にいて、龍洋一の帰りを待った。

龍洋一は、真夜中の零時過ぎに、帰ってきた。顔が赤く、息が酒臭い。部屋に入るなり、ポケットから札束をつかみ出して、床にばらまいた。

「松子、ほら、金だぞ。俺が稼いできたんだぞ。すげえだろうが」

高笑いを響かせる。

わたしは、龍洋一の前に立った。歯を食いしばり、見あげた。

龍洋一が、顔を突き出してくる。

「なんだ、文句あるのか」

「洋くん、お願い。シャブをやめて」

「まだそんなこと言ってんのか。この世界はな、やめます、はい、そうですかって、そう簡単にはいかねえんだよっ」

わたしは、震える手を伸ばし、ジャケットの襟を握りしめた。

「ねえ、洋くん、このままじゃ、ほんとうに、だめになっちゃうよ、ねえ……」

目を開けると、天井が見えた。歪んだ蛍光灯が、ぐるぐると回っていた。わたしは床に倒れていた。ああ、また殴られたんだ。そう気づくのに、時間がかかった。腹部が重苦しかった。龍洋一が、わたしのお腹に、馬乗りになっていた。拳を握っている。頭上高く、振りあげている。蛍光灯の光に溶けて、見えなくなった。次の瞬間、黒い拳が落ちてきた。

洋くんたら……そんなことしたら、死んじゃうよ。

気がつくと、わたしは布団に寝かされていた。頰に濡れタオルがあてられていた。

脇に目をやると、龍洋一が正座していた。心配そうな眼差しで、わたしの顔を覗きこんだ。

「洋くん」

龍洋一が、両手を膝の上に突っ張り、頭をさげた。

「松子、すまん」

「いま、何時？」

龍洋一が、首を回した。

「五時十五分」

「朝の？」

「夕方」

「……わたし、一日中、寝てたの？」

思考が、少しずつ、動きだす。

「あ、お店」

「電話があった。風邪で寝こんでるから、たぶん明日も無理だと言っておいた」

「そう……」

救急車のサイレンが、遠くから聞こえてきた。

「わたし、気を失ったの？」

龍洋一が、力無くうなずいた。

沈黙が、続いた。

顔面が、じりじりと痛みだす。

わたしは、目を閉じた。眠りに落ちた。


チャイムの音が聞こえた。目を開ける。

傍らに、龍洋一の姿は、なかった。

チャイムは夢の中で聞いたのだろうか。

「どちらさん？」

龍洋一の声が聞こえた。

わたしは、顔を向けた。

龍洋一が、ドアの覗き穴に、目をあてていた。

「沢村めぐみっていう者だけど、松ちゃんが病気だって聞いたから、お見舞いに来た。松ちゃん、いるんだろ？」

龍洋一が、振り返る。

わたしは、肘を突いて、上半身を起こした。頭がずきりと痛み、顔を顰める。龍洋一に向かって、首を横に振った。

龍洋一がドアに向かい、

「松子は寝てるから、出直してもらえますか？」

「そうはいかねえよ。寝顔くらい見せろよ。こらぁ！」

ドアを激しく叩く音が響いた。

「このやろうっ」

龍洋一が声を荒らげて、ドアのチェーンを外した。

わたしは、布団から飛び起きた。頭が割れそうだった。我慢して、ドアに走る。

「洋くん、だめ！」

わたしは、ドアノブをつかんだ。

「松ちゃん、そこにいるんだろ？　心配して来たんだよ、顔くらい見せろよ」

龍洋一の顔が、紅潮している。ドアの向こうを、睨みつけている。

「洋くんは、中に入ってて。お願い」

龍洋一が、鼻の穴を膨らませた。息を吐き、居間に戻っていった。

わたしは、ロックを外して、ドアを開けた。

めぐみが、怖い顔をして、立っていた。裾《すそ》と襟にスパンコールをあしらった、濃紺のベルベット・タンクブラウスに、端正なグレーのヒップハングパンツ。メイクは完璧。トップを長めに残して、メッシュでアクセントをつけた絶妙なグラデーション・ショートヘアは、一目で内田先生の手によるものとわかる。

めぐみが、わたしの顔を見て、息を呑んだ。ため息を吐いた。唇の端を吊りあげる。

「最近の風邪は、顔にくるんだな」

わたしは、つくり笑いを浮かべた。

「そんなこったろうと思ったよ。時間になっても松ちゃんが店に出てこなくて、電話したら男の声で『風邪で寝こんでる』だと？　冗談じゃないよ」

「きょうお店に来たの？」

「予約入れてあっただろ？　忘れたのか？」

「……ごめん」

「その顔、さっきの男にやられたんだな」

「違う。わたしが道を歩いてたら、躓《つまず》いて顔から突っこんじゃって……それじゃあ格好悪いから、風邪ってことにしてもらったのよ」

「いいんだよ、松ちゃんは刑務所にいたころから、嘘をつくのが下手なんだから」

「嘘じゃ……」

めぐみが左手をあげて、わたしを制した。

「邪魔するぜ」

右手に持っていたものを、わたしに押しつけた。駅前のケーキ屋の箱だった。めぐみが靴を脱いで、部屋にあがる。わたしの脇をすり抜け、居間に向かう。

「めぐみ、ちょっと待って……」

わたしは、ケーキ箱を手にしたまま、追いかけた。

居間で、龍洋一とめぐみが、睨み合っていた。めぐみは女性としては背が高いほうだが、龍洋一と並ぶと頭一つ低い。しかし、龍洋一に向けられた不敵な表情からは、怯えや恐れは感じられない。

龍洋一の顔に、戸惑いが過ぎった。

「松ちゃんの顔をあんなにしたのは、あんただな」

「お、おまえにあんた呼ばわりされる義理はないぞ。なめた口利いたら、女でも容赦しねえぞ、こらぁ」

めぐみが、わたしを一瞥《いちべつ》した。苦笑いを浮かべ、肩をすくめる。

「なんだ、その態度は。俺を誰だと思ってる！」

龍洋一が、めぐみの胸ぐらをつかんだ。めぐみの表情は変わらない。

「洋くん、その人を傷つけないで！」

龍洋一が、わたしを見た。

めぐみが、龍洋一を睨みつけたまま、胸ぐらの手を、引き剝がした。龍洋一にくるりと背を向け、わたしの前に立つ。右手の親指で、背後の龍洋一を指した。

「松ちゃん、こんな馬鹿と関わってちゃ駄目だ。すぐに別れな」

「めぐみ、もういいの。きょうは帰って」

めぐみが、わたしの両肩をつかんで、前後に揺さぶった。

「目を覚ませよ。せっかく自分の生き方を見つけたんだろ。苦労して美容師になったんだろ。男なんか他にいくらでもいる。よりによってこいつを選ぶことはないよ。こんな男といっしょにいたら、地獄の底まで付き合わされるぞ」

めぐみの澄んだ瞳に、わたしの顔が映った。

「……わたしは、洋くんといっしょなら、地獄でも、どこへでも、ついて行く。そう決めたの」

めぐみが、頬を歪ませた。わたしの肩から、手を離した。龍洋一を、ちらと見る。深く息を吐く。わたしを横目で睨んだ。

「勝手にしろっ！」

わたしの手からケーキ屋の箱を奪い取り、床に投げつけた。背を向けて、部屋を出て行く。ドアの閉まる音が、空気を震わせた。

わたしは、ケーキ屋の箱を拾いあげた。蓋を開けると、何種類ものケーキが、ぐちゃぐちゃになっていた。箱ごと、ゴミ袋に捨てた。振り返ると龍洋一が、神妙な顔で俯いている。

わたしは、笑みを浮かべた。

「嫌われちゃったみたい」

龍洋一の顔は、青ざめて氷のようだった。

わたしは、努めて明るい声で、

「いまの人ね、刑務所で知り合った友達なの。中では、男みたいな格好をしていて、すごくもてたのよ。ね、おかしいでしょ」

「だめだな、俺」

「なにが？」

「あの女の言うとおりだ。俺、やっぱり、松子といっしょにいちゃ、いけなかったんだ。俺は……俺は、だめなんだよ」

一瞬、龍洋一の顔に、徹也の顔が重なる。

わたしは、龍洋一の腕に縋った。

「そんなこと考えないで。わたしは殴られるのなんか平気だよ。なんとも思わないよ。だから、ずっといっしょにいて。もう一人で勝手に、どこかへ行かないで」

龍洋一が、わたしを見つめた。

「俺、松子のこと、何回殴った？」

「数えてないよ、そんなの」

「俺を、殴ってくれ。松子の気の済むまで。頼むよ」

龍洋一が、跪《ひざまず》いた。目を閉じた。

「頼む、松子」

わたしは、うなずいた。右手を振りあげ、龍洋一の左頬を、思い切り張る。左手を振りあげ、右頬を張った。

「もっとだ。もっとだ、松子！」

左右の頬を、交互に張り続けた。

肉を打つ音だけが、部屋に満ちていく。

龍洋一の頬が、赤くなる。目から涙が、流れ落ちる。

わたしは、手を止めた。息が切れていた。掌が痺れていた。

龍洋一が、目を閉じたまま、子供のように泣きじゃくった。鼻水が垂れた。

わたしは、龍洋一の顔を、胸に抱いた。髪に頰を寄せた。

「洋くん、約束しただろ、わたしといっしょにいるって」

龍洋一が、わたしの胸の中で、うなずいた。

「じゃあ、シャブをやめよ。ヤクザもやめよ。友達がいなくなっても、お金がなくなっても、二人いっしょなら、生きていける」

龍洋一が、わたしの身体を離した。跪いたまま、わたしの目を、見あげる。

「わかったよ。シャブをやめる。ヤクザもやめる。松子といっしょに、やりなおす。ただ、時間がかかる。もう少し待ってくれ。約束は守る」

龍洋一が、財布から覚せい剤入りのパケを取り、わたしに差し出した。

「捨ててくれ。これが、手元にある全部だ」

わたしは、首を横に振った。

「これは、洋くんが、自分で捨てて」

龍洋一が、目の前のパケを、睨んだ。顔が苦しげに歪む。

「いますぐじゃなくてもいい。でも、必ず自分で捨てて。そうしないと、また他から、シャブを手に入れてしまうよ」

龍洋一が、パケを財布に戻し、大粒の涙を零した。

「情けねえなあ、なんで捨てられないんだ。簡単なことなのに。俺は、自分では中毒じゃないと思っていた。シャブ中をさんざん見てるから、俺はまだあんなにひどくない、だから平気だって。でも、いつのまにか、これがないと……」

その声は、覚せい剤の魔力に今更ながら気づき、心の底から怯えているようだった。

「だいじょうぶ。必ず自分で捨てられるようになる。わたしは、洋くんを信じてる」

龍洋一が、目をぎゅっと瞑った。


次の日も、わたしは店を休んだ。とても表に出られる顔ではなかったし、龍洋一が、

「いっしょにいて欲しい、一人になったら、またシャブをやるかも知れない」

と声を震わせたのだ。

午前中は、部屋の掃除をするついでに、ちょっとした模様替えをした。龍洋一は初めて、風呂掃除とトイレ掃除をしてくれた。お昼には店屋物。龍洋一はカツ丼を、わたしは親子丼を食べた。龍洋一が、カツを一切れ分けてくれた。

午後になって、龍洋一の様子がおかしくなった。貧乏揺すりがひどくなった。煙草をくわ

えても、火を点けて一度吸っただけでもみ消し、すぐに次の煙草を手にする。あっという間に、吸い殻の山ができた。

「シャブが欲しいの？」

龍洋一が、うなずいた。財布からパケをつまみ出し、目の前に掲げた。一分くらい、無言で見入っていた。

「くそっ」

パケを財布に戻した。深呼吸をする。顔が苦しげに歪む。頭を掻きむしった。

わたしは、部屋のカーテンを閉めた。服を脱いで裸になり、龍洋一の前に立った。

龍洋一が、むしゃぶりついてきた。押し倒された。シャブのことを頭から振り払おうとするかのような、荒々しい愛撫《あいぶ》だった。

シャブを断てるかどうかは、最後は本人の意思にかかっている。わたしにできるのは、これくらいしかなかった。

情事が済むと、少しは気が紛れたようだった。龍洋一が、買い出しに行くと言った。夕食をつくろうにも、何も食材がなかったのだ。外でシャブを打ってくるつもりだろうか、と思ったが、すぐにその考えを打ち消した。

龍洋一は、分厚いステーキ肉とワインを買ってきた。肉は彼が焼いてくれた。ちょっと焼きすぎて硬くなったが、おいしかった。

「きょうだけだ」

ワインを飲み干して、龍洋一が言った。

「なにが、きょうだけなの？」

「シャブをやらない日」

「……明日から、また使うの？」

「違う。毎日、きょう一日だけは、シャブを我慢しようと自分に言い聞かせる。明日のことは考えない。きょう一日だけ我慢する。そうやって過ごしていれば、やめられそうな気がしてきた」

わたしは、胸が一杯になった。うん、と答えるのが、やっとだった。

「松子のおかげだ」

わたしは嬉しくて、声をあげて泣いてしまった。

その夜、わたしがお風呂からあがり、脱衣所で身体を拭いていると、居間から龍洋一の声が聞こえた。電話をかけている。その声は、何かを言い争っているようだった。約束が違う、という言葉が聞こえた。

わたしは、バスタオルを胸に巻いて、浴室を出た。龍洋一が、受話器を置いた格好で、立ちすくんでいた。

「どうしたの？」

龍洋一が、はっとした様子で、わたしを見る。

「いや、なんでもない」

無理に笑みを浮かべた。


その二日後の夜中、龍洋一のポケットベルが鳴った。どこかへ電話して、いつものように出かける準備を始めた。

これが覚せい剤の取引に関わる合図だということは、わたしにもわかった。しかし、時間はかかるけれど必ずやめるという、龍洋一の言葉を信じていた。

服を着替えた龍洋一の顔に、不安げな影が射す。

「洋くん？　顔色がよくないけど……」

「前回から、まだ何日も経っていない」

「ポケベルの呼び出し？」

「いつもなら、十日以上あいだを空けてる。こんなことは初めてだ」

「どうするの？」

「行くしかない。上の指示だから」

龍洋一が、三和土で靴を履き、わたしと向かい合う。

「じゃあ、行ってくる」

「気をつけて」

「……うん」

龍洋一が、出て行った。

ドアのチェーンを掛けると、急に心細くなった。どうしようもなく不安になり、心臓が勝手に暴れだす。居間に駆け戻り、テレビのスイッチを入れる。いきなりバカ笑いが聞こえた。スイッチを切った。しんと静まり返った。


目を開けた。

暗かった。

電話が鳴っている。

枕元《まくらもと》の目覚まし時計をつかんだ。

午前四時十二分。

まだ鳴っている。

頭の奥が、冷たくなった。

跳ね起きて、受話器に飛びついた。

「はい」

『松子、俺だ』

龍洋一。声が掠れている。

『金だけ持ってすぐにアパートを出ろ。円山町《まるやまちょう》の「若葉」というホテルに来い。大川という名前で先に入っている。急げ、時間がないんだっ！』

「円山町の……」

『「若葉」だ。美容院の帰りに、最初に入ったあのホテルだ』

「わかる」

『とにかく、すぐにそこを離れろ、いいな！』

切れた。

わたしは受話器を見つめた。

龍洋一の言葉を、再現する。

悲鳴をあげて受話器を放り出し、ジーパンとブラウスに着替えた。化粧は口紅だけを引き、現金と通帳をバッグに入れ、アパートを飛び出す。朝の冷えた空気が、頬を撫《な》でた。東の空が、明るくなっている。バイクの音が聞こえた。反射的に身を隠す。新聞配達だった。バイクが通り過ぎるのを待って、駆けだす。誰も追いかけてこなかった。近くのコンビニエンス・ストアまで走り、公衆電話でタクシーを呼ぶ。タクシーが来るまで、店内で雑誌を立ち読みするふりをした。こんな時間でも、学生らしき数人が、店内にいる。

タクシーが駐車場に現れると、店を出て、タクシーに乗りこんだ。

「渋谷の円山町まで」

運転手に告げた。バックミラーの中の運転手が、充血した目をわたしに向け、

「円山町ね」

と、無愛想な声で答えた。

渋谷の道玄坂《どうげんざか》をのぼり切り、右へ入ったところで、タクシーを降りた。このホテル街も、中洲の南新地と同じく、夜と朝では見せる顔がまったく違う。記憶を頼りに、古ぼけた石段をおり、細い路地を進み、「ホテル若葉」を探した。この一帯は、ただでさえ起伏が激しく、道も複雑に折れ曲がっている。一瞬、方角の感覚を失い、迷路に入りこんだような気がして、足を止めた。周囲に視線を巡らせ、ようやく緑色のネオンを見つける。駆け寄ろうとしたとき、中からカップルが出てきた。わたしは、電柱の陰に隠れた。真っ赤なミニワンピースを着た若い女と、スーツ姿の中年の男。男は女の腰に手を回し、女は男の肩に顔を寄せている。

そのカップルをやり過ごしてから、ホテルに駆けこんだ。

部屋に入ったとき、わたしは息を呑んだきり、言葉を失った。龍洋一の顔面が、紫色に腫れあがっていた。左目の瞼が垂れて、目を塞いでいる。口のまわりに、血がこびりついている。よろよろとして、歩くのも辛《つら》そうだった。

「つけられなかったか？」

「だいじょうぶだと思う」

「そうか……」

龍洋一が、キングサイズのベッドに、身体を投げ出した。うっと唸った。天井を仰ぎ、目を閉じる。胸が上下するたびに、肺が鳴った。

わたしは、浴室に走った。タオルを濡らし、龍洋一の顔にあてた。

「どうしたの、こんな、ひどい……」

「もうだめだ。見つかったら、殺される。いまごろは、あのアパートも、むちゃくちゃになっている」

「何があったの？」

「組織の制裁だ。ほんとうなら、いまごろ殺されていた。隙を見て、逃げてきた」

「密売をやめるって言ったから？」

「……まあ、そんなところだ」

「ごめんなさい」

涙声になった。

「どうした？」

「わたしが、あんなことを言ったから……密売をやめることが、こんなに大変なことだなんて、知らなかったものだから」

「違う、松子のせいじゃない」

「でも……」

「ほんとうに、ちが……」

龍洋一が、顔を歪ませて呻いた。

「洋くん！」

龍洋一が、小さくうなずいた。浅い呼吸を、繰り返す。

「ごめんな。俺と関わったばかりに、松子も巻きこんじまった」

「……わたしたち、これから、どうなるの？」

「しばらく、ここで、じっとする。動いたら、すぐに見つかる。頃合いを見計らって、東京を離れよう。……北に行くか」

「北……」

「行くあてが、あるのか？」

「北海道は？」

「悪くない」

「北海道で、探したい人がいる」

「男か？」

「中洲でトルコ嬢をやってたときに、お世話になった人。マネージャーだったの」

「好きなのか」

「違う。ひとこと、お礼を言いたいだけ」

龍洋一が、目を閉じる。

「俺は、こんどこそ、地味で、まっとうな生き方をしたい。ヤクザは、もういいかげん、嫌になった」

龍洋一が、微かに笑った。すぐに、苦しげな表情になる。

「わたしは美容師を続けるわ」

「うん」

「洋くん一人くらい、面倒みられるよ」

静かになった。

龍洋一は、目を瞑ったまま。

「起きてる？」

「ああ」

「わたし、子供が欲しいな」

龍洋一が、目を開ける。白目が、血に染まっていた。

「俺の子供？」

「決まってるじゃない。歳が歳だから、無理かも知れないけど」

「俺と、松子の、子供か……」

「どう？」

「いいな。俺も、欲しい」

「ほんと？」

「ほんとうだ」

「男の子？　女の子？」

「どっちでもいい」

「じゃあ、両方いっぺんに産もうかな」

「双子か。にぎやかでいいな」

ポケットベルが鳴った。わたしと龍洋一の会話を、嘲笑《あざわら》うような音色だった。

龍洋一が、腕だけを動かして、ポケットベルを取り出した。目の前に持っていき、ちらと見てから、横様に投げつける。壁にぶつかって、音が止んだ。

龍洋一が、顔を顰めて、起きあがった。ベッドサイドテーブルの電話に、手を伸ばす。受話器をあげて、ダイヤルを回す。無言で、耳にあてている。受話器を置いた。振り向く。その顔に、諦観《ていかん》したような笑みが、浮かんだ。

「見つかった……二十四時間だけ待つとさ」

心臓を鷲《わし》づかみにされたような気がした。

「わたしたち、殺されるの？」

龍洋一は、答えない。目を伏せて、何かを考えている。

「……死ぬのね、わたしたち」

わたしは、無理に笑い声をあげた。

「わたしは平気だよ。洋くんといっしょなら、死んでもいい。でも、離ればなれにされて、乱暴されて殺されるのは、絶対にいや」

「俺が、一人で出て行けばいいんだ。奴らの狙《ねら》いは、俺だけなんだから」

わたしは、龍洋一を睨みつけた。

「勝手なことを言わないでっ。洋くんが一人で死んでいって、わたしが喜ぶと思ってるの？　その程度の覚悟で、洋くんと寝たと思ってるの？」

龍洋一が、唇を嚙んだ。何分も、動かなかった。

互いの心臓の鼓動が、聞こえそうだった。

龍洋一が、思い出したように、目をあげた。よろめきながら、冷蔵庫に向かう。缶ビールを取り、戻ってきた。プルタブを引いて、わたしに差し出す。

「持っててくれ」

龍洋一が、財布から、覚せい剤のパケを取り出した。パケを破り、米粒くらいの結晶をつまみ出し、缶ビールに落とす。しゅ、と音がした。

わたしと龍洋一は、無言で、銀色の缶を見つめていた。

「もう、いいだろう。飲め」

龍洋一が、感情を失った目で、わたしを見た。

重い時間が、流れていく。

わたしは、缶に口をつけた。呷《あお》る。口の端から、滴った。シャブの溶けたビールが、喉を刺し、わたしの身体に入っていく。

龍洋一が、缶を奪い取った。呷った。喉が上下に動く。缶を床に落とす。息を吐く。ベッドに腰掛けた。

わたしも、龍洋一の隣に、身体を寄せ合うようにして、座った。二人とも、口を開かない。

やがて、体内でシャブが、牙《きば》を剝いた。

世界が鮮明になった。

身体が宙に浮く。

陰鬱《いんうつ》な気分が、吹き飛ぶ。

龍洋一が、さっきまでの憔悴《しょうすい》が嘘のように、すっと立ちあがった。

「先にシャワーを浴びるよ」

そう言って、浴室に向かった。

わたしと龍洋一は、何時間も交わり続けた。命を絞り尽くすような、激しく執拗《しつよう》なセックスだった。

力を使い果たすと、ベッドの上に、身体を横たえた。経験したこともないほどの倦怠《けんたい》感が、全身を蝕《むしば》んでいる。わたしは、自分の股間《こかん》を指ですくい、混ざり合った二人の体液を、口に含んだ。部屋には、底知れぬ安らぎが、漂っている。互いの息づかいと、喉の奥に広がる体液の匂いだけが、現実だった。

「わたしたち、これで死ぬのね」

「死ぬのは、嫌か」

「……ちょっと怖いな。でも、洋くんといっしょなら、平気だよ。洋くんは？」

「俺も、死ぬのは怖い。できれば、死にたくない」

「仕方がないよね。わたしたち、こういう運命だったんだよ。そろそろ準備する」

わたしは、起きあがって、シャワーを浴びた。バスタオルを胸に巻いた格好で、化粧をした。といっても、口紅しか持ってきていない。丁寧に紅を引いてから、服を着た。

龍洋一も、すでに服を着ていた。ベッドに腰掛け、わたしを見ていた。

わたしは、笑みを浮かべた。

「どうやって死ぬの？　できれば、綺麗な死に方がいいな」

「すまん」

龍洋一が、受話器をあげて、ダイヤルを回した。

「警察ですか。円山町の『若葉』というホテルの、二〇一号室に来てください。……人を殺しました」

受話器を戻した。ちんと鳴った。

俺と龍さんは、礼拝堂を通り、教会を出た。車両一方通行の路地を、ゆっくりと歩き始めた。道沿いには、けっこう大きな家が並んでいる。どこからか、バイオリンの音色が漏れてきた。小さな子供が弾いているのだろうか。まだ騒音の域を出ていない。自転車に乗ったお婆さんが、俺と龍さんを、追い抜いていった。遠くで、車のクラクションが鳴った。

俺は、龍さんが口を開くのを、待った。

7

＊

十五歳から少年院、少年刑務所と渡り歩いた私は、二十歳を迎えるころには、地元の組織に入って、いっぱしの極道となっていました。もっとも、することといえば、借金の取り立てや、事務所の電話番や掃除といった雑用ですが。

最初のころは、これで一人前のヤクザになれると興奮していましたが、慣れてくると、どうということはありません。早い話が、使いっ走りをやらされているわけですから。すぐに毎日が面白くなくなり、悶々《もんもん》とするようになりました。いいかげんに嫌気がさしたころ、ちょっとしたトラブルを起こして地元にいられなくなり、東京にやってきたのです。博多で知り合ったばかりの、十九歳の女性といっしょでした。

上京しても、まともに仕事する気は、はなからありません。やるなら、極道しかなかった。女性に働かせておいて、自分は一日中ぶらぶらと遊んでいました。

半年ほどしたとき、新宿を歩いていて、博多でいっしょだった古賀という男と再会しました。古賀は、東京のある組織の下で、シャブ、つまり覚せい剤の密売をしていたのです。私は古賀の口利きで、組織の一員となり、覚せい剤を扱わせてもらうことになりました。

覚せい剤の売買に手を染めてからは、博多にいたころには想像もつかなかったような金額が、目の前を行き交うようになりました。さすが東京、博多とはスケールが違うと思ったものです。私はまるで、自分が大物になったような気がしました。

最初の懲役に行ったのは、二年後のことです。売買の現場を押さえられ、懲役一年十カ月の実刑判決を受けました。女性とは、逮捕と同時に別れました。

二十五歳で出所すると、すぐに組織に戻り、またシャブの密売に関わるようになりました。

当時の組織は、名古屋の卸元から覚せい剤を買っていました。この卸元は在日韓国人で、韓国の密造組織から覚せい剤を密輸し、私が属していたような暴力団、つまり中間卸元に売りさばいていたのです。中間卸元は、さらに覚せい剤を小分けして密売人たちに売り、莫大《ばくだい》な利益を得ていました。組織ではいちおう、覚せい剤は御法度《ごはっと》ということになっていましたが、もちろん表向きだけです。

私は、名古屋まで車を飛ばし、金と覚せい剤を交換して、東京に戻ってくるという仕事を与えられました。私は指定されたホテルの部屋に行き、そこで待っている男に金を渡します。男は金を持って別の部屋に行き、そこから覚せい剤を持って、戻ってくるのです。すでに確立したルートでしたので、仕事は簡単でした。私も、東京で一人前のシノギを得て、満足するはずでした。しかし、どうも面白くない。

たしかに大金を動かしてはいるが、所詮《しょせん》は組織の金です。一円たりともごまかしは許されない。よくよく考えてみれば、博多にいたときと同じ、組織の使いっ走りに過ぎないのです。

かといって、組織を出て一人でシノギが得られるかというと、そこまでの自信はありませんでした。何百万というシノギを目《ま》の当たりにすると、十万や二十万のために危ない橋を渡るなど、馬鹿らしくてやってられませんでした。鬱屈《うっくつ》する日々を送るうちに、とうとう私自身が、覚せい剤を使うようになったのです。

はじめて覚せい剤を注射したときのことは、よく憶えています。覚せい剤の常習者が、なぜこんなものに何万も払うのか、不思議だったのですが、自分で試してみて、納得できました。気分がとてつもなく爽快になるのです。まるで自分が、全知全能の神になったようで、この世に怖れるものは何もない、という気持ちになれるのです。後になって、覚せい剤が太平洋戦争中、特攻隊員に使用されたと聞きました。死への恐怖さえ、なくしてしまうクスリだったのです。

笙さんにこんな話をしていいのかどうかわかりませんが、覚せい剤の威力はセックスのときに、もっとも強烈に表れました。何時間も勃起《ぼっき》したままで、射精の瞬間の快感が延々と続くのです。そして最後に果てるときの、背中から脳天に突き抜けるような快感は、想像を絶するほどでした。これを経験してしまうと、普通のセックスなど、幼稚園のお遊戯です。女性に使わせると、指一本触れただけで悶絶《もんぜつ》して……あ、すみません。話がそれましたね。

もちろん覚せい剤が、身体にいいわけはありません。最初は好奇心からでも、一度使って虜《とりこ》になってしまうと、自分一人の力では、絶対に抜け出せません。さっきもお話ししたとおり、あまりにも快感が強すぎるからです。

クスリが効いているときは爽快ですが、切れると最悪です。

当たり前です。

覚せい剤は、身体にエネルギーを与えるクスリではなく、使ってはいけないエネルギーまで、無理やり使わせているだけなのですから。

クスリが切れると、反動が来ます。身体はだるく、ちょっとしたことに腹を立てるようになり、何をしても面白くない。地獄の底にいるような気分になり、そこから抜け出るためにまた覚せい剤を打つ。悪循環です。

そのうちに、覚せい剤を打っても、はじめのころのような快感が得られなくなってきます。そうすると、打つ回数を増やしたり、量を増やしたり。さらに中毒が進むと、クスリが切れたときの苦痛が倍増します。

さっきお話しした古賀という男は、後に覚せい剤中毒から心臓麻痺《まひ》を起こして死ぬのですが、クスリが切れたときには、床を転げ回って苦しがっていました。彼は、幻覚にも悩まされていました。幻覚といっても、本人にとっては現実としか思えないほど、生々しいものだそうです。たとえそれが、宇宙人に追いかけられているとか、壁から妖怪《ようかい》が飛び出てきたとか、馬鹿げた幻覚だとしてもです。

……さいわいというか、私はそこまで行く前に、刑務所に入ることになったのですが。

話を戻しましょう。

自分でも覚せい剤を使い始めたというところまで、お話ししましたね。

そんな私に、タイミングを見計らったように、一人の男が近づいてきたのです。

厚生省の麻薬取締官、麻薬Gメンです。

彼は私に、スパイになれと言いました。普通なら、断るでしょうね。しかし私は、その申し出を受けたのです。もちろん、覚せい剤不法所持の現場を押さえられたせいもあります。スパイにならなければ、また懲役に行くことになったでしょうから。

私は組織の一員ではありましたが、組織に忠誠を誓ったつもりはありませんでした。そもそも昔から、組織というものになじめない質《たち》なのです。表向きは、兄貴やカシラのために身体を張る、くらいのことは口にしていましたが、本心からではありません。ほんとうは、シノギを得るのに都合がいいから、組織に属していただけなのです。利用していただけです。だから、スパイを引き受けたときも、裏切るという気持ちはありませんでした。麻薬Gメンのスパイになれば、懲役に行かずに済むし、今後も刑務所にぶちこまれることはないだろうと、計算したくらいです。

おそらくその取締官は、私のことを調べあげ、そこまで読んだうえで、接触してきたのだと思います。

その日から私は、麻薬Gメンの飼い犬になりました。取引があるごとに、指示された方法で、飼い主に報告しました。しかし不思議なことに、取引の現場を押さえられたことは、一度もなかったのです。私が飼い主に、どうして摘発しないのかと聞くと、こっちにはこっちの考えがある、と言われました。

後でわかったことですが、彼は、数百グラム程度の覚せい剤に興味はなく、広範囲な密売ルートそのものの壊滅を狙っていたのです。そのために、かなり長期にわたるシナリオをつくっていて、私はそこに登場する何十人何百人という人間の、一人に過ぎなかったのです。もちろん私には、それがどんなストーリーになっているのか、見当もつきませんでした。

表では組織のために覚せい剤を運び、裏では麻薬Gメンに情報を提供し、自分でも覚せい剤を打つ、という日々が続きました。松子と再会したのは、そんなころだったのです。

私はときどき、カシラの姐さんの運転手兼ボディガードもさせられました。その日は、カシラの愛人のお供をして、美容院についていったのです。そうです。「あかね」という名前の店でした。松子は、その美容院で、美容師をしていたのです。そのあたりの事情は、沢村さんや内田さんからお聞きになったとおりです。

以前にもお話ししたとおり、私は中学生のときから、彼女のことが好きでした。スマートで、綺麗で、頭がよくて、怒るとちょっぴり怖い。わたしはその後、何人もの女性と付き合いましたが、川尻松子先生は私にとって、永遠の女性であり続けました。

松子は、私がかつての教え子、龍洋一だとは、気づかなかったようです。私は迷いましたが、思い切って仕事の帰りに待ち伏せし、声をかけたのです。ほんとうはいっしょに食事をしようと思い、レストランの予約まで入れていたのですが、彼女に断られたので、自宅まで車で送ることにしました。

私は車の中で、自分の気持ちを告白しました。

松子は、自分がどんな人生を送ってきたのか、その一端を語りました。……そうです。トルコ嬢になったことや、殺人で服役していたことです。彼女は自分を、汚れた女だと言いました。そして、ただで寝てあげてもいい、と……。

私は、松子を自宅まで送り届けて、無言で別れてしまいました。松子のアパートから走り去りながら、涙が出ました。永遠の女性だと思っていた川尻松子先生が、あんな台詞を口にするなんて……。

さんざん非道なことをしているヤクザが何を言うかと思われるかも知れませんが、川尻松子先生だけは、清らかな存在であり続けて欲しかったのです。私自身が汚れているからこそ、余計にそう感じたのかも知れません。

しかし私は、車を走らせているうちに、思いました。川尻松子先生が学校を去るきっかけをつくったのは、ほかならぬ私ではないか。トルコ嬢になったのも、殺人を犯して服役したのも、元はといえば、すべて私のせいではないか。その私に、川尻先生を責める資格があるのか。

もう一つ発見したのは、それでもなお私が、彼女を愛《いと》しく思っていることでした。彼女への想いを自覚すると、いてもたってもいられませんでした。

私は、車をUターンさせ、松子のアパートに引き返しました。

松子は部屋にあげてくれました。そこで、松子が学校を去る経緯から、その後の人生を、すべて聞かせてくれたのです。

そのとき初めて、当時の二中の校長、田所文夫《ふみお》氏が、彼女をレイプしようとして未遂に終わった事件があったことを、知りました。学校を追われたのは、田所校長との確執の結果だったのです。必ずしも私のせいだけではなかったわけですが、それで罪の意識が消えたわけではありません。川尻松子先生に卑劣な行為をした田所校長を、よりによってこの自分が助けてしまったと思うと、悔しくてなりませんでした。もっとも当の松子は、過去のことと割り切っていたようでしたが。

私は、憧れの人と、結ばれました。その日から、私と松子は、同棲を始めたのです。

覚せい剤の密売をしていることは、松子には黙っていました。

覚せい剤の取引が決まると、私のポケットベルが鳴ることになっていました。私は事務所に電話し、指示を受け、金を受け取って名古屋まで車を走らせ、覚せい剤と交換して帰ってきます。

覚せい剤は事務所ではなく、兄貴分のマンションに持ち帰りました。そこで小さなパケに詰め替える作業があったので、一度呼び出しを受けると、二、三日は家を空けることになりました。

あるとき、名古屋で覚せい剤を手に入れて事務所に向かっていると、ポケットベルが一度だけ鳴りました。これは、いつものマンションには来ないで、覚せい剤を持ってどこかに隠れていろという合図でした。後でわかるのですが、このとき兄貴分のマンションは、警察に見張られていたのです。私は、三百グラムの覚せい剤とともに、松子と住んでいるアパートに戻りました。

私はお守り代わりに、小さなパケを財布に隠し持ってはいましたが、これだけの量の覚せい剤をアパートに持ちこむのは、初めてでした。松子と同棲を始めて以来、自分で打つときは、兄貴分のマンションにいるときか、一人で車に乗っているときに限っていたのです。注射器もタッパーに入れて、車に隠しておいたのです。松子の友人が覚せい剤中毒の男に殺されたことを聞かされていたので、松子といっしょにいるときは絶対に使いませんでした。もちろん、松子に使わせることも、考えませんでした。

とにかく、三百グラムもの覚せい剤を、松子が仕事から戻らないうちに、どこかに隠さなくてはなりませんでした。私は迷ったあげく、ビニール袋ごと、米びつの中に埋めておくことにしました。奥のほうに沈めておいたので、上から覗かれてもわからないだろうと安心し、一眠りしました。

ところが、私が寝ている間に松子が帰ってきて、覚せい剤を見つけてしまったのです。私は仕方なく、覚せい剤の密売をしていると白状しました。松子は怒りました。覚せい剤だけは扱わないでくれと言いました。真剣でした。

しかし、そのときの私には、松子の心情を思いやることは、できませんでした。大量の覚せい剤を手元に置いているせいで、神経が過敏になっていたのかも知れません。もしこの場を警察に押さえられたら、懲役十年は喰らうだろうし、万が一覚せい剤をなくしてしまったら、組織に殺されてしまうかも知れない。

ちょうどポケットベルが鳴り、覚せい剤を持っていく新しい場所を指示されました。電話を切って振り向くと、松子が覚せい剤の袋を抱えていました。私は、渡すように言いました。松子は、嫌だと言いました。とんでもないことを言う女だと思いました。ここで覚せい剤を届けなければ、私も松子も殺されてしまう。どうしてそんなことがわからないのか。私は頭に血がのぼり、松子を殴り倒してしまいました。あれほど恋い焦がれた人に、手をあげてしまったのです。そして私は、覚せい剤の袋を取りあげました。床に倒れた松子が、恨めしげな目で、私を見あげました。松子を殴ったことを、後悔しました。しかし、そのときはなにより、覚せい剤を届けることが大切だったのです。

無事に覚せい剤を届け、いつもどおりパケに小分けする作業をしました。兄貴分と酒を飲み、アパートに帰ったのは、次の日の夜のことです。

松子は起きて待っていました。

私は、殴ったことを後悔はしていましたが、酒が入っていたせいか、ひとことも謝りませんでした。それどころか、松子がしつこく覚せい剤から手を引けと言うのが癇に障り、また殴りつけてしまったのです。こんどは一発だけではなく、馬乗りになって、何度も顔を殴ってしまった。松子が完全に気を失ってから、自分が何をしているのか気づき、あわてて介抱しました。

眠り続ける松子を見て、自分に絶望しました。もうここにいてはいけない、と思いました。このままでは、ほんとうに松子を殺してしまうかも知れない。しかし、どうしてこれほど松子を痛めつけてしまったのか、自分でもわかりませんでした。好きで好きでたまらないのに……。

いまから思えば、やはり覚せい剤の影響で、おかしくなっていたのかも知れません。

松子は、丸一日近く、眠っていました。

夜の八時ごろ、誰かが部屋のチャイムを鳴らしました。それが、沢村さんでした。私と沢村さんが顔を合わせたのは、それが最初です。松子もそのとき、目を覚ましました。

沢村さんは、松子の顔を見て、何があったのか悟ったようでした。

沢村さんは、私のようなヤクザ者を前にしても、怯む様子がありませんでした。そのころの私が凄むと、たいていの堅気の人は青くなって震えたものですが、沢村さんは顔色ひとつ変えないのです。

逆に私が怖くなりました。極道というのは、威張っているわりには、臆病《おくびょう》なのですよ。凄んで通じる相手にはとことん凄むけれど、まるで通じないとなると、どうしていいのかわからなくなってしまう。沢村さんを前にした私も、そんな感じでした。

沢村さんは、松子に向かって、私と別れなければ駄目だと言いました。

しかし松子は、沢村さんに帰るように言いました。そして、私といっしょなら、地獄へでもついていく、と言ってくれたのです。沢村さんは、怒って帰ってしまいました。

松子は、親身になって心配してくれている友人より、何度も暴力を振るった私を、選んだのです。

このとき私は、決めました。

もう覚せい剤は打たない。密売もやめる。松子と約束もしました。隠し持っていたパケを出して、松子に捨ててくれるよう言いました。しかし松子は、自分で捨てなければ駄目だ、と言いました。私は、悩みました。覚せい剤常習者の情けないところなのですが、ここに至ってもなお、自分で覚せい剤を捨てることができなかったのです。この気持ちは、常習者でないとわからないかも知れません。私は、必ず自分で捨てると約束し、また財布に戻してしまいました。

覚せい剤の使用をやめるのは、あくまで自分だけの問題です。しかし、覚せい剤の密売をやめるとなると、簡単ではありません。組織に話を通すことはもちろんですが、その前に、私が情報を提供していた麻薬Gメンに、断りを入れなければならなかった。

私は、こちらはなんとかなるだろうと思っていました。たしかに不法所持の現場を押さえられてはいるけれども、かなりの情報を流してきたし、ここでやめたいと言っても、ご苦労だった、くらいの言葉はもらえると思っていたのです。

とんでもない勘違いでした。


「俺です」

『どうした？　まだ先じゃなかったのか？』

「いえ、そうじゃなくて、話があるんです」

『なんだ？』

「俺、もうやめたいんです」

『……感づかれたか？』

「それは、大丈夫だと思います。そうではなくて、もう、この仕事から、足を洗いたいんです。Ｓも、シャブの密売も」

『なに……おい、なに言ってるんだ、貴様。おれが何年もかけて進めてきたシナリオを、台無しにするつもりか！』

「もう、勘弁してください」

『駄目だ。そんな勝手は許さん』

「でも……」

『いいか。もしやめたら、おまえがスパイだと、組織にばらすぞ』

「そんな……池谷さん、それじゃ約束が違うっ！」


組織に知られたら、間違いなく殺されます。私は初めて、自分がとんでもない泥沼にはまっていることに、気づきました。

このままでは、覚せい剤の密売から足を洗えない。こうなったら、松子とどこかへ逃げるしかない。しかし、逃げ切れるものだろうか。これからずっと、日陰の生活をしなければならないのか。いろいろ考えているうちに、時間だけが過ぎて行きました。

二日後、ポケットベルが鳴りました。覚せい剤取引の合図です。電話すると、いつもどおり、金を持って名古屋に行くよう指示を受けました。前回の取引から間がなかったので、変だとは思ったのですが、指示に従わないわけにはいきません。

このとき異状を察して、松子といっしょに逃げてしまえばよかったのです。

覚せい剤を買う金を受け取りに事務所に入ると、いきなりカシラに殴り倒されました。この瞬間、自分が麻薬Gメンのスパイであったことがばれたのだと、悟りました。事務所にいた全員から、むちゃくちゃに蹴られました。最後には、痛いという感覚さえなくなり、意識も朦朧《もうろう》としていました。私は両腕を抱えられ、事務所から連れ出されました。夜明け前でした。車の後部座席に放りこまれました。どこかの山奥に運ばれ、埋められるのだと思いました。私は観念して、目を閉じていました。松子の顔が、浮かびました。もう会えないのだな、と思うと、涙が出ました。

そのときです。

周りが妙に静かだと気づき、目を開けました。車には私しか乗っていませんでした。身体を起こすと、差しこんだままのキーが見えました。窓の外を見ると、さっきまで私を足蹴《あしげ》にしていた兄貴分たちが、少し離れたところで、煙草を吸って話しこんでいました。

考える暇はありませんでした。

私は、反対側のドアから外に出て、運転席に転がりこみ、エンジンをかけて、車を発進させました。人間というのは、気を失いかけていても、命懸けとなれば、身体が動くものですね。怒鳴り声が聞こえましたが、後ろを見る余裕はありませんでした。

どこをどう走ったか憶えていません。適当な場所に車を乗り捨て、公衆電話から松子に電話して、すぐに部屋を出るように言いました。私が逃げたとなれば、真っ先に松子に手が伸びて、殺される。とにかくアパートを出て、渋谷のホテルに来るように言いました。松子と私が、一度だけ使ったことのあるホテルです。電話をしたあとタクシーを拾い、渋谷に向かいました。

さきにホテルに入った私は、飼い主の麻薬取締官に電話をしました。組織に追われて逃げている。助けてくれと。

『いま、どこにいる?』

私はここで、躊躇いました。飼い主が、私を組織に売ったのではないか。そういう疑念が、頭をもたげてきたのです。いまにして思えば、覚せい剤を使っていたせいで、猜疑心《さいぎしん》が強くなっていたのかも知れません。私は、電話を切りました。

飼い主の麻薬取締官も信用できないとなると、万事休すです。組織の連中は、東京中を必死に捜しています。捕まれば、私だけでなく、松子まで殺されてしまう。私がみずから名乗り出れば、松子は助かるでしょう。しかし私には、それはできなかった。勇気がなかったのです。死ぬのが怖かったのです。

やがて、松子がやってきました。

私は、組織から制裁を受けたと話しました。麻薬Gメンのスパイだったことは言いませんでした。

私は、様子を見て、東京から出ようと言いました。主要な駅や、幹線道路、空港は、組織の連中が張りこんでいるはずです。東京から無事に脱出することは、奇跡に等しいでしょう。しかし、わずかな可能性に賭《か》けるしかない……。

そのわずかな可能性も、すぐに潰《つい》えました。ポケットベルが鳴り、電話をかけると、カシラが出ました。そのホテルにいることを、知られてしまったのです。私は、組織の情報網を甘く見ていたのです。もう取り囲んだから逃げられない。二十四時間だけ待つから、女とやれるだけやって、おとなしく出てくるか、そこで女と自殺しろ。せめてもの情けだ。そう通告されました。

ここで私が、何をしたと思いますか。

私は、捨てられずに財布に入れていたパケを取り出し、一粒の覚せい剤を缶ビールに溶かし、松子に飲ませました。私も、残りを飲み干しました。

死への恐怖を取り除くためではありません。

私と松子は、覚せい剤の力を借りて、最後の愛を交わしました。そして、シャワーを浴び、服を着て、警察に電話しました。人を殺したので、すぐに来て欲しいと。もちろん、それは嘘です。確実に、早く来て欲しかったから、そう言ったのです。そして確実に、警察署に引っ張っていってもらう必要があった。

思ったとおり、警察官が大勢やってきました。

私は、覚せい剤のパケを、警察官に渡しました。その場で覚せい剤であることが確認され、私は不法所持で逮捕されました。松子も任意同行を求められました。もちろん、断る理由などありません。

私と松子は、警察官に囲まれて、ホテルを出ました。組織の連中も、さすがに手は出せませんでした。極道である私が、よりによって警察に助けを求めるとは、考えていなかったようです。たしかに極道としては、物笑いの種になりこそすれ、決して誉められた行為ではありません。しかし、松子と私が生き延びるには、これしかなかったのです。

私は警察署で、尿検査を受け、覚せい剤使用の罪も加わりました。松子も同じころ、尿検査の結果が出て、覚せい剤取締法違反で逮捕されていたはずです。

私と松子は、別々に裁判にかけられました。私は、懲役四年を喰らい、府中《ふちゅう》刑務所に入りました。松子も、懲役一年の実刑を受け、栃木刑務所に行きました。いくら組織でも、刑務所の中までは追ってこられない。少なくとも松子に関する限り、命は保障されたのです。

私はどうなるか、わかりませんでした。府中刑務所は、いわゆる暴力団関係の服役囚が多く、私の組織に関わっている者も大勢いたのです。私が裏切り者だと知れれば、命を狙われることになったでしょう。

幸運だったのは、刑務所のほうで、私を守るような措置を取ってくれたことです。ふつう私のような受刑者は、入所してしばらくすると雑居房に移るのですが、このときはずっと独居房のままでした。

じつは独居房というのは、雑居房よりも待遇は悪いのです。建物は古いし、部屋は狭い。窓に目隠しがあるせいで外が見えず、風通しも最悪です。いまはどうか知りませんが、そのころの窓はガラスではなく、ビニールが貼ってあっただけでした。ほんとうですよ。そのせいで部屋の中は、夏は蒸し風呂、冬は冷蔵庫のようでした。独居者でも、昼間は工場に出る者が多いのですが、私は厳正独居といって、一日中部屋で紙袋の糊貼《のりば》りをしなければなりませんでした。

刑務所暮らしで話し相手がいないというのは、本来ならかなり辛いことです。しかし私にとって、誰とも顔を合わせなくてよいのは、好都合でした。雑居房や工場にいたら、どこからどんな仕打ちをされたかわかりませんからね。

はっきりとは言われませんでしたが、おそらく飼い主の麻薬取締官が、手を回してくれたのでしょう。私を売ったのが飼い主だったのかどうか、いまでもわかりませんが、そのおかげで私は、生き延びることができました。それに私が刑務所に入って三年後に、飼い主のシナリオが完結して、組織そのものが一網打尽にされてしまったのです。私を殺したいと思っている連中は、いまでもいるでしょうが、組織として私を追うことはなくなったのです。

しかし、一度裏切り者の烙印《らくいん》を押された以上、極道の世界で生きていくことは出来なくなりました。土壇場で警察に縋ったことも、致命的でした。私を相手にしてくれるような組織は、日本のどこにもありませんでした。

8

昭和五十九年八月

一年の懲役を終え、栃木刑務所を出たわたしは、前回と同じように保護観察所に保証人をお願いし、国分寺市西元町《にしもとまち》にアパートを借りた。

1Kで風呂はなし。狭くて不便だったが、お金を節約するためには仕方がなかった。

部屋に落ち着いて一週間後に、東京地方検察庁に出向いた。そこで龍洋一の判決文を閲覧し、刑の満期日を確認した。

龍洋一は結局、婚姻届を出さなかったようだ。だから服役中は手紙のやり取りができなかったし、出所しても面会に行けない。

なにを意固地になっているのか。ほんとうに世話の焼ける子だ。

アパートから府中街道に出て、自転車で五分ほど南に下ると、府中刑務所の見あげるようなコンクリート塀が、左手に現れる。高さは五メートルくらい。これが街道沿いに、三百メートル以上続いている。そこからさらに五分ほど走ると、JR武蔵野《むさしの》線の北府中駅に出る。

わたしが新しく就職した美容院は、北府中駅前の雑居ビルに入っていた。「カット&パーマ　みたむら」という名前で、オーナーとインターンが一人いるだけの、典型的な個人経営の店だ。たまたま技術者を募集していたので応募したところ、面接試験だけで合格した。銀座の「あかね」のような実技試験はなかった。オーナーの三田村秀子は、履歴書の賞罰欄を見て躊躇ったようだったが、

「もう絶対に覚せい剤はやりません」

と強調したら、納得してくれた。着付けができることも、プラスに働いたようだった。

わたしの一日は、午前七時半に始まる。パンと牛乳とバナナの朝食をとり、身なりを整えて、自転車で出勤する。

府中刑務所の前にさしかかるのが、午前八時半。

いちど散策ついでに、朝の六時くらいに前を通りかかったことがあるが、そのときは路肩に黒塗りの高級外車が連なり、強面の男たちが何百人と集まっていた。このあたりは緑が多く、ふだんは閑静そのものだが、その朝に限って異様な雰囲気に包まれていた。パトカーも何台か出ていたので、警察官に何ごとか聞くと、暴力団の大物幹部が出所するという。ほどなく西門のあたりから、地鳴りのような響きが沸きあがった。集まっていた男たちが、西門に向かって腰を折った。口々に、お勤めごくろうさまでした、と言っていた。すかさず警察

官がマイクを手にして、

「速やかに退去しなさい」

と勧告すると、近くにいた何人かが、じろりと睨んできた。わたしは怖くなって、早々に引きあげた。以来、早朝に散策するのはやめにした。

わたしは毎朝、美容院に向かう途中、府中刑務所の西門の前で、いったん自転車を停める。自分と龍洋一を隔てるコンクリートの塀を見あげ、

「おはよう。きょうも一日、頑張ろうね」

と声をかけ、美容院に向かってペダルを踏んだ。

「みたむら」の営業時間は、午前十時から午後七時までだが、午後五時過ぎからが、いちばん忙しかった。府中刑務所の向かいに、大手電機メーカーの工場があるのだが、そこの女子従業員で、仕事帰りに利用するという人が、けっこういるのだ。

営業時間後の勉強会などというものはなかったので、掃除を終えて、午後八時には家路につけた。夕食は駅前の食堂の定食で済ませ、自転車で夜道を戻る。

府中刑務所の塀の前は、夜になると特に陰気だが、朝と同じように塀を見あげ、

「おやすみ」

と囁いた。

アパートに帰ると、洗面道具を持って銭湯に出かける。アパートから五百メートルくらいのところに、「明神湯《みょうじんゆ》」という銭湯がある。大きな湯船に浸かり、壁の富士山を眺めていると、一日の疲れが溶けていった。湯あがりには、体重計に乗って、太っていないことを確かめた。そのあと、大きな鏡に自分の裸体を映し、じっくりと見る。美容院に置いてあった女性週刊誌に、一日五分間、自分の身体を見つめてあげることで、体型の崩れを防ぎ、肌の若さを保てるという記事があったからだ。

銭湯から帰ると、午後十時を回っている。全身に乳液を塗りこみ、カレンダーの日付に×印をつけ、一日が終わる。

部屋に帰っても、待っていてくれる人はいない。

友達もいない。

しかし、寂しいとは思わなかった。

いまのわたしには、はっきりと思い描ける夢がある。

自転車で五分の場所に、龍洋一がいる。あと三年もしないうちに、出てくる。そうしたら、こんどこそ二人で、肩を寄せ合って、生きていける。

龍洋一が出所したら、風呂付きのもっと広いアパートに移ることになる。

できれば東京を離れたい。

北に行きたい。
その日のために、少しずつ貯金もしている。
わたしは、すべての生活の照準を、龍洋一が出てくる三年後に、合わせていた。

9

話は前後しますが、起訴されて刑が確定するまで、私は東京拘置所に収監されていました。笙さんと最初に出会った、あの荒川の堤防に立つと、対岸にひときわ大きな建物が見えたでしょう。改築中らしく、屋上からクレーンが伸びていましたね。憶えていますか。あれが東京拘置所です。松子も、あのどこかにいたはずです。

拘置されているとき、松子から手紙が届きました。拘置所では、手紙のやり取りは自由にできたのです。松子は手紙で、籍を入れて結婚しようと言ってくれました。刑が確定し、刑務所に移されると、面会や手紙のやり取りは、親族に限られます。結婚して夫婦になっておけば、たとえ別々の刑務所に入っても文通できるし、松子が先に出所したら面会に来られると言うのです。

嬉しかったですよ。涙が出るくらいに。私は松子の人生を、一度ならず二度までも狂わせた男です。その私と、結婚したいと言ってくれたのですから。

でも私は、返事の手紙の中で、こう書きました。もう私に関わってはいけない。私に松子を幸せにする資格はないし、その力もない。これ以上いっしょにいても、不幸を繰り返すだけだ。お願いだから、龍洋一という男のことは忘れて、新しい人生を生きて欲しい。松子から、すぐに返信が届きました。婚姻届が入っていました。私が名前を記入し、印鑑を押せば、提出できるようになっていました。本気なのだと思いました。

私は悩みました。

松子といっしょにやり直せたら、どんなにいいか。想像するだけで、胸が熱くなりました。しかしそれで、松子がほんとうに、幸せになれるのか……。

残念ながら、私の答は否でした。これから刑務所に移れば、命を落とすかも知れないし、運よく生きて娑婆《しゃば》に戻れても、堅気としてやっていける自信がなかったのです。それに、気絶するまで殴り続けるような男ですよ。どう考えても、いっしょにいないほうがいいに決まっている。

私は、婚姻届の空欄をそのままにして、手元に置いておきました。

松子から、催促の手紙が届くようになりました。私は、返事を書きませんでした。言いたいことは、最初の返信ですべて、書いてしまっていたからです。

やがて、松子が懲役一年の判決を受けて、栃木刑務所に移されたことを知りました。これで、松子から手紙が届くことは、なくなったのです。私が婚姻届の空欄を埋め、提出すれば、ふたたび文通が可能になる。まさに、私の決断ひとつに、かかってきたのです。

私は、自分の判決が下る前日、婚姻届に記名し、印鑑を押しました。これを役所に提出すれば、私と松子は、晴れて夫婦になれる。私は、朱の乾いていない婚姻届を、いつまでも見つめ、目に焼き付けました。そして、真ん中から二つに破りました。くしゃくしゃに丸め、口に放りこんで、食べてしまいました。

これが私なりの、決着のつけ方でした。

もう松子のことは考えまい。これで松子も目が覚めただろう。出所すれば、別の優しい男性と巡り会って、人生をやり直すはずだ。そうあって欲しいと、心から願いました。

……ええ、身勝手なものですよ。

刑務所での生活は、じつを言うと、それほどきつくはありませんでした。さっきお話ししたように、少なくとも命の危険を感じることはなかったし、なにより覚せい剤を打てなくなり、規則正しい生活を強いられたので、体調がよくなったくらいです。

もともと集団生活が苦手な私ですから、ひとりぼっちも苦ではありませんでした。

刑期の二年目から三年目が、いちばん落ち着いていました。何も考えず、淡々と袋貼りをして過ごしていました。朝起きて、気がつくと就寝の時間になっている。そんな毎日でしたよ。

ふつうは刑期の三分の二が過ぎると、仮釈放の審査準備が始まるものですが、私の場合はありませんでした。仮釈放されるには引受人が必要で、誰になってもらうか入所時調査のときに届け出ておきます。たいていは身内になってもらうものですが、親族がいないも同然の私は、更生保護会に引受人をお願いしていました。暴力団関係者は、親族の引受人がいないと、仮釈放をもらうのが難しいのです。しかも私の場合は再犯で、独居房に入っていましたから、仮釈放はまず無理でした。でもそれで、落ちこんだりはしませんでしたよ。なぜなら私は、仮釈放を望んでいなかったからです。

最初の懲役のときは、出所が待ち遠しくてなりませんでした。これで俺も前科一犯のムショ帰りだ、ハクがついた、などと思ったものです。出所のときには、カシラから放免祝いもしてもらいました。しかし今回は、刑務所を出ても、行くところがない。

これからどういう生き方をすればいいのか。まともに働いた経験もない私が、社会で生きていけるのか。不安だらけでした。このときほど、娑婆が怖いと思ったことはありません。できれば、ずっと刑務所にいたいとさえ思いました。そういうときほど、時間の流れを速く感じるものです。

ついに刑期を満了し、出所する朝が来ました。

よく憶えています。

雲ひとつない晴天でした。

10

昭和六十二年八月

午前三時をまわったところで、眠ることをあきらめた。部屋の照明を点し、布団を畳んだ。インスタント・コーヒーをいれ、テレビをつけると、コンピュータでつくったようなアニメーションが流れていた。軽快な音楽の中で、鳥や動物たちが眠りについていく。何だろうと見ていると、テレビ局が本日の放送終了を告げる番組だった。午前三時台はまだ深夜なのか。

テレビを消そうとリモコンを手にすると、ふたたびアニメーションと音楽が始まった。さっき眠りについた鳥や動物たちが、次々と目を覚まし、動き始める。本日の放送開始を告げるオープニングだった。

アニメーションが終わると、見たことのない男性アーティストが、ピアノを弾きながら歌う映像が始まった。力強くも切ない歌声が、やけに心に染みた。歌が終わると、天気予報になった。

きょうの関東地方は快晴。

わたしはコーヒーを飲み干し、腰をあげた。

冷蔵庫から、昨夜のうちに研いでおいた米を出し、炊飯器にセットして、スイッチを入れた。ナベに水を張ってガスコンロにかけ、鰹節で出しをとる。賽《さい》の目に切った絹ごし豆腐を入れて一煮立ちさせ、味噌を溶かす。味を見てから干しワカメを散らし、蓋をして出来あがり。時を同じくして、炊飯器から蒸気が吹きあがり始めた。

ビールはたっぷり冷えている。何を食べたいと言うかわからないが、好物の牛肉は買ってある。松阪牛のステーキ肉だ。卵焼きは熱々を食べて欲しいから、帰ってきてから焼くことにする。二人で朝食をとりながら、これからの計画を話し合おう。

時計を確認する。

急がなくちゃ。

顔を洗い、歯を磨いた。パジャマを脱いで、新品の下着に替えてから、この日のために買っておいたベージュのワンピースを着た。

鏡の前で、丁寧にファンデーションを塗り、化粧をする。睡眠不足のせいか、ちょっとのりが悪い。仕方がない。

最後に口紅を引いた。髪は、八二に分けたリップラインのボブ。鏡に向かって微笑んでみ

る。悪くない。真面目くさった顔をして、

「お勤めごくろうさまでした」

吹き出した。自分の笑顔を見たのは、久しぶりだった。それにしても、我ながら四十歳には見えない。若さを保つ努力の賜《たまもの》だろうか。それともやはり、子供を産んでいないせいだろうか。

子供。四十歳。

もう無理かな。

鏡の中の自分から、笑顔が消えていた。

睨んでやった。

「そんな暗い顔してると、洋くんに嫌われるぞ」

時計を見た。

時間だ。

わたしは、部屋を出た。東の空はすでに、白々としている。自転車には乗らず、府中街道の歩道を、南に向かった。

朝まだき、街道の交通量は少なく、歩いている人もいない。ときおり、徹夜で走り続けてきたらしいトラックが、猛スピードで駆け抜けていった。

府中刑務所の塀が、近づいてくる。心臓が高鳴ってくる。ほかの暴力団関係者の出所と重なっていたら嫌だなと思っていたが、出迎えらしき人影はなかった。

西門の前に立った。観音開きの扉は鉄製で、高さが四メートルくらいある。わたしは、扉から少し離れたところで、龍洋一を待った。

空の色が、紫から青に変わっていく。

西門はその名のとおり西に向いているので、朝日が昇ると日陰になる。

腕時計を見た。

六時ちょうど。

まだ扉は開かない。

わたしは、龍洋一が出てきたときに、最初にかける言葉を考えていた。いろいろ思いを巡らせたが、どれもぴんとこない。

会うのは四年ぶり。

わたしは、体型も体重も、四年前と変わっていない。自転車通勤を続けたり、食事に気をつけたり、肌の手入れを怠らなかったり、それなりに頑張った成果だった。無惨に太って、龍洋一を幻滅させたくはなかったのだ。

龍洋一はどうだろうか。太っただろうか。痩せただろうか。相応に年を取っただろうか。

いまのわたしを見て、綺麗だと言ってくれるだろうか。

気がつくと、周りがすっかり明るくなっていた。

腕時計を見る。

すでに午前七時をまわろうとしている。

遅いな。まさか、すでに仮出所してしまったのか。いや、彼の場合、暴力団員だから、引受人で引っかかるはずだ。母親も妹も行方不明、ほかに親族はいないのだから。

満期日を間違えた？　そんなはずはない。ちゃんと検察庁まで行って調べたのだ。昨日が満期日だから、今朝出てくるはずなのだ。

それにしても、遅くはないか。

まさか、獄中で死んでしまったのか……。

がちゃん、と金属音がした。

たしかに扉から聞こえた。

微動だにしなかった鉄扉が、ゆっくりと奥に開く。わずかにできた隙間から、背の高い男が出てくる。

四年前と同じ服を着ていた。短く刈り上げられた頭以外は、変わっていない。いや、少し太っただろうか。

その後ろから、制服姿の看守が現れた。

坊主頭の龍洋一が、看守に向かって頭をさげる。

看守がうなずいて、扉を閉める。

大きな音が響いた。

龍洋一が、閉じられた鉄扉を、見あげる。息を吐いて、うなだれた。俯いたまま、扉に背を向ける。こちらに向かって、足を踏み出す。

顔をあげる。

足を止める。

目を剝いた。

11

午前七時。私は刑務所の外に、足を踏み出しました。

しかしそれは、娑婆に戻ってきたというよりも、放り出されたという感じでした。手元にあるお金は、逮捕時に所持していた五万三千円と、袋貼りの賞与金六千円、あわせて五万九千円だけ。これで、とうぶんの寝る場所と、食べ物を手に入れなければなりません。

扉の前で突っ立っていても埒《らち》があかないので、とにかく駅まで歩こうと足を踏み出したときです。

気配を感じて目をあげました。

足が止まりました。

そこに松子が立っていたのです。

優しい笑みで、わたしを出迎えてくれたのです。

そのときの松子の、神々しいまでの美しさは、この世のものとは思えないほどでした。

松子が近づいてくると、私の足が震え始めました。それは、いままで味わったことがないほどの、恐怖でした。

そうです。私は、恐ろしい、と感じたのです。

12

「洋くん」

わたしは、龍洋一に近づいた。

走った。

胸に飛びこんだ。

声をあげて泣いた。

両腕をつかまれた。胸から引き剝がされた。

龍洋一の顔は、蒼白だった。口元が震えていた。わたしの腕から、手を離した。

「どうして、ここにいるんだ？」

「どうしてって……待ってたのよ、決まってるでしょ」

「ムショは一年で出たはずだろ。その後、どうしてたんだ？」

「近くにアパートを借りてるの。駅前の美容院で働いている。毎朝、自転車でここを通ってたのよ。行きと帰りに、塀越しに声をかけてた。知らなかったでしょ」

龍洋一が、怯えるような目で、わたしを見る。

「さ、行こう。朝ごはん、できてるよ」

龍洋一が、目を逸らした。

「手紙、読まなかったのか？」

「手紙って？」

「もう俺に関わるなと、書いたはずだ」

「あんなの、本心じゃないでしょ。そのくらい、わたしがわからないと思ってるの？」

龍洋一の頬が、小刻みに震えはじめた。

「どうしたの？　寒いの？」

龍洋一は、答えない。

青ざめた顔で、横を向いている。

ちらと、わたしを見た。

「なに？」

「金。あるか？」

「いま？」

「そうだ」

「……少しなら」

龍洋一が、手を差し出す。
わたしは、財布ごと渡した。
龍洋一が、お札を抜き、財布を突き返す。
「どうするの？」
龍洋一が、わたしを見つめる。哀しそうな目をした。
お札をズボンのポケットにねじこんだ。
身を翻して、駆けだした。
「洋くん、どこ行くの？　アパートはそっちじゃないっ」
龍洋一が、振り向きもせず、走り続ける。
後ろ姿が、小さくなっていく。
龍洋一が、わたしから、去っていく。
去っていく。
去っていく。
去って……
「……どうして」
わたしは呆然と、見ているしかなかった。

身体から力が抜けた。

アスファルトにへたりこんだ。

「どうしてっ！」

鳥の囀りが、頭上から降ってきた。

13

私は、愛されることに、慣れていなかった。松子の愛情に、身を委《ゆだ》ねることが、怖くてできなかった。暗闇に慣れた私の目には、松子の愛情は眩しすぎて、痛かったのです。

私は、松子からお金を奪って、逃げました。街道沿いを駆けながら、泣きました。どうしてこんな人生になってしまったのか。最初に、何かが狂ってしまった。できることなら、十五歳のときからやり直したい。心から思いました。

私の足は、生まれ育った福岡に向かっていました。そこで日雇いの力仕事を得て、やるせなさをぶつけるように、働きました。それでも心は乱れて、凪《な》ぐことはありませんでした。

私はほんとうは、松子といっしょにやり直したかった。しかし、松子の愛情を恐れて、近づけない自分がいる。松子を幸せにする自信の持てない自分がいる。私の中で、心が二つに割れ、ぶつかり、傷つけ合っていたのです。ふたたび覚せい剤に手を出すのに、時間はかかりませんでした。同じ現場の肉体労働者の中には、覚せい剤を使っている者が何人もいて、売人を紹介してくれたのです。

私にとって、生きていること自体が、苦痛でした。かといって、死ぬほどの勇気はありませんでした。自殺しようと、高いマンションの屋上にのぼったこともあります。しかし、下を見ると足が震え、汗が滴り落ち、どうしても一歩を踏み出すことができなかった。極道だ何だと粋《いき》がったところで、この程度です。私は、苦しみを逃れるために、何度も覚せい剤を打ちました。

精神的に追いつめられ、クスリによる妄想の中で、私と松子の人生を狂わせた元凶が何か、見えてきました。いえ、見えた気がしただけです。そして、その元凶を排除しない限り、心の平安は得られない。松子も幸せにはなれない。ならばせめて俺の手で、その元凶を取り除いてやろう。それが、松子のためにできる、唯一のことだ。そう思いこんでしまったのです。

私は、昔のツテを頼り、一丁の拳銃を、手に入れました。

14

龍洋一のために用意した御飯と味噌汁は、そのままにしておいた。一人で食べる気は、しなかった。お昼ごろ、部屋のチャイムが鳴った。駆け寄ってドアを開けると、新聞の勧誘員だった。わたしは黙ってドアを閉めた。勧誘員がドア越しに何か怒鳴った。

二日目の朝、電話が鳴った。飛びついたが、三田村秀子だった。時間になっても来ないので、心配してくれたようだ。わたしは、しばらく店を休みたいと言った。

『川尻さん、あなたまさか、また覚せい剤に手を出してるんじゃないでしょうね？』

わたしは、何も答えずに、電話を切った。

どうして龍洋一が、わたしから去っていったのか、理解できなかった。もうわたしのことを、嫌いになったのか。そうは思えない。

中学の修学旅行のことを思い出す。行きの列車の中で、龍洋一はどのグループからも離れ、一人つまらなそうに外を見ていた。わたしがトランプに誘っても、その気のない素振りをした。しかし龍洋一はあのころから、わたしのことが好きだったと言ったではないか。十五歳の龍洋一は本心を隠して、健気に孤高を気取っていたのだ。あのとき、わたしがもっと強引に誘っていたら、トランプの仲間に入ったかも知れない。だからわたしは、龍洋一が手紙で別れようと書いてきたときも、それが本心だとは思わなかった。自分の心に嘘をついていると思った。なぜなら彼は、わたしと約束したからだ。ずっといっしょにいると。わたしを愛していると。

龍洋一は必ず帰ってくる。自分の心に素直になり、わたしの胸に戻ってくる。そしてわたしは、彼を抱きしめる。

その気になれば、わたしの居所は調べられるはずだ。もし龍洋一が保護観察所に問い合わせれば、わたしに確認の連絡が入る。ここを動いたら、もう二度と会えないかも知れない。だから、このアパートを引き払うことはできない。このアパートを動けないということは、ここでの生活を続けなければならないということだ。

わたしは、「みたむら」に電話をかけた。さっきの非礼を詫び、明日から店に出たいと告げた。三田村秀子は、今回だけは大目に見る、二度と無断欠勤はしないで欲しい、と言ってくれた。

きのうから炊きっぱなしの御飯と、温めなおした味噌汁を口にした。松阪牛には手をつけなかった。咀嚼していると、少しずつ力が蘇ってきた。

だいじょうぶだ、と思った。

一カ月後、テレビを見ながら、牛乳とコーンフレークの朝食をとっていたときだった。リモコンでチャンネルを替えていると、ニュース番組の画面に、見覚えのある名前が映った。

『昨夜十一時二十分頃、福岡県の県議、田所文夫氏が、柳川《やながわ》市の自宅前でタクシーから降りたところを、元暴力団関係者、龍洋一容疑者三十一歳に拳銃で銃撃され、病院に運ばれましたが、まもなく死亡しました。龍容疑者はその場で取り押さえられ、殺人および銃刀法違反の疑いで逮捕されました。警察では、動機について詳しく調べるとともに……』

第五章　うたかた

1

「その後のことは、知りません」

俺と龍さんは、黙って歩き続けた。

龍さんは、口を開こうとしなかった。

俺も、何を話していいのか、わからなかったが、言葉が腹の底から浮かび上がってきた。

「松子伯母さんが……かわいそうだよ」

龍さんが、無言でうなずく。

「ねえ龍さん、そのとき、松子伯母さんといっしょにやり直していたら、いまごろ、どうなっていたと思う？」

龍さんの足が、止まった。目を閉じて、俯く。深く息を吐いて、目をあげた。

「笙さん、それは勘弁してください」

「だってさ……」

「お願いします」

龍さんが頭をさげた。

「でも、後悔してるんでしょ？　逃げちゃったこと」

「……してます」

「懺悔《ざんげ》するために、クリスチャンに？」

龍さんが、考えこむような顔をする。

「少し違うかも知れません」

龍さんが、歩きだした。

「笙さんが拾ってくれたあの聖書は、府中刑務所にいたときに、頂いたものだったのです。刑務所でも月に一回、教誨《きょうかい》という宗教教育があるのですが、独居拘禁者は参加できず、代わりに希望者に聖書がもらえたのです。そのときは深く考えずにもらい、なんとなく手元に置いていただけです。たまに気晴らしに読むくらいでしたし、読んでも心が動かされることはありませんでした。だから、府中刑務所を出所し、松子から逃げて福岡に帰り、田所さんを殺してしまうまで、私の手荷物の中に、ずっとあの聖書はあったのです。もし、精神的にどん底にあったとき、何かの偶然で聖書を開いていれば、少なくとも田所さんを殺すようなことはなかったかも知れない。そう思うと、残念でなりません」

「もう一度聖書を開くきっかけは、何だったの？」

「田所さんには、二十一歳になる孫娘さんがいらっしゃいました。その方が拘置所まで、私の面会に来たのです。とても可憐《かれん》な女性でした。その女性が、私を真正面から見据えて、言うのです。

『あなたが殺した祖父は、もしかしたら昔、あなたにひどいことをしたのかも知れない。でもわたしにとっては、親代わりとなって育ててくれた、優しい、かけがえのない祖父だった。人々のために献身的に働く、尊敬すべき、素晴らしい祖父だった』

　私は、耳を塞ぎたかった。そんな話は、聞きたくもなかった。しかし、その女性はそのあとで、こう言ったのです」

『でも、わたしは、あなたを許します。あなたのために、祈ります』

　龍さんが、首を小さく、横に振った。

「私は、何を言われたのか、わかりませんでした。正直に言うと、馬鹿にされたような気さえしました。大切な人間を殺されて、その犯人のところまでやってきて、罵倒《ばとう》するのならともかく、許すなんて……そんな人間、この世にいるはずがない。そう思いました。この女性は、それだけ言うと、帰っていきました。私にはただ、腹立たしさと、戸惑いだけが残りました。

この女性の言葉を思い出すのは、小倉《こくら》刑務所に移って三年後のことです。就寝前の自由時間に、あの聖書に手を伸ばしたのです。三年間、一度も開こうとしなかったのに、その夜に限って、手に取りました。別に救われたいとか、そんなことは何も考えていませんでした。ほんとうに何気なく、適当にページを開いたのです。そしていきなり、その言葉が目に飛びこんできました。

『神は愛である』

意味はわかりませんでした。ただ、その部分から目が離れないのです。神は愛。その文字だけが、大きく見えました。そのうちに、錆《さ》びついて停止していた心が、軋《きし》みながら動き始めたのです。だんだんと回転が速くなっていくのが、自分でもわかりました。

私は、急《せ》かされるように、聖書を最初から読み始めました。少ない自由時間を利用し、何日もかけて、一字一句なぞるように、最後まで読みました。わからないことがたくさんありました。最初から読み返しました。少しわかるようになりましたが、まだまだわからないことだらけでした。

私は、知りたくて知りたくて、たまらなくなりました。知りたいのにわからない、教えてくれる人もいない。もどかしさや焦りが膨らんできました。

小倉刑務所でも教誨があって、月に一回、牧師様が来てくださいました。ここでは雑居房に入っていたので、私にも参加資格があります。すぐに参加希望を出しましたが、募集は半年に一回だったので、何カ月か待たなくてはなりませんでした。その間に、さらに聖書を読みこみました。どうしてもわからないところに、印をつけていきました。

教誨が始まると、私は溜まっていた質問を、次々とぶつけました。牧師様は、一つ一つ丁寧に、答えてくださいました。

私がいちばん聞きたかったのは、神は愛である、とはどういう意味なのか、ということでした。牧師様は、しばらく考えてから、おっしゃいました。

『あなたはこれまで、誰かを心の底から憎んだことがありますか?』

『あります』

『いま、その方たちのために、心の底から祈れますか？　愛することができますか？』

『それは……』

『できますか？』

『いえ、できません』

『それでいいのですよ』

『！』

『人間の心は弱いものです。憎むべき敵のために祈るなんて、できるものじゃない。そうでしょう』

『……はい』

『でも、神様の力に縋れば、できるのです。許せない敵を愛する。麻薬や覚せい剤をやめる。ギャンブルをやめる。人間の力ではなかなか難しいことです。でもそれもみな、神様に縋れば可能になるのです』

『俺のような悪人にも、力を貸してくれるのですか？　おまえはそんな価値のない人間だって、断られるんじゃないんですか？』

『神様は、すべての人を愛してくださっています。神様にとって、価値のない人間なんていませんよ。すべての人が尊いのです』

『すべての人……』

『そうです。すべての人です』

『じゃあ神様は、俺のことも愛してくれているのですか？　こんな俺でも、尊いのですか？』

『はい。あなたは尊い。神様はあなたを愛してます』

『嘘だっ！』

私は、思わず立ちあがっていました。たちまち看守たちが、駆け寄ってきました。私を外に連れ出そうとしました。

『待ちなさい！』

牧師様が、厳しい声で、看守を止めました。

看守たちが顔を見合わせ、手を離しました。

『どうして、嘘だと思うのですか？』

牧師様が、優しく語りかけてくださいました。私は、堰《せき》を切ったように訴えました。これまでの人生で、自分が周りの人間をどれほど傷つけてきたか。すべてぶちまけました。俺はこんなに悪いことをしてきたんだ。人殺しまでしたんだ。こんな俺が尊いはずがない。いくら神様でも、こんな人間を愛するはずがない。

私は、声がかすれるほど叫んでいました。

牧師様は、おっしゃいました。

『あなたは、いま、苦しんでいますね』

『はい……』

『あなたがほんものの悪人なら、そんなに苦しみませんよ。だからあなたは、尊いのです。神様は、そんなあなたを、愛おしく思っておられるのです』

私は、雷に撃たれたような気がしました。

『許されない者を許す。それが神の愛なのです。それができるのは、神様だけです。たしかにあなたは、社会では許されないことをしてきたかも知れない。しかし神様は、とうに許してくださっています。その証拠に、あなたは、自分のしてきたことを、心から悔いてるじゃありませんか。

いまのあなたには、神様の愛が、溢れんばかりに注がれています。それをわかってください。あなたの心が神様の愛で満たされたら、こんどはその愛を、あなたの周りの人に、分け与えてください。あなたにとって許されざる人間を、神様の愛の力で許してください。愛してください。この世にいる人がみな、自分が神様に愛されていることを知り、心を愛で満たし、さらにそれを周りに注ぎ、許し、愛し合えば、この世はパラダイスになる。そうは思いませんか？』

　私は悟りました。

　田所さんの孫娘さんの心には、神様が宿っていたのだと。だから、憎むべき私のことを許せた。そして松子にも、神様が宿っていた。だから私を許し、愛し続けることができた。

『どんなときでも、あなたは一人ではない。いつも神様が、あなたを見守ってくださっています。神様を、信じてください』

　その言葉を聞いたとき、涙が流れて止まらなくなりました。気がつくと、いっしょに教誨に出ていた他の受刑者たちも、みな泣いていました」

　龍さんが、深く息を吐いた。

　左手に荻窪小学校が現れた。運動場で、子供たちが遊んでいる。歓声が乱れ飛んでいた。

　俺と龍さんは、足を止めた。元気よく走り回る子供たちを、眺めていた。

「でも……」

　龍さんが、言った。

「すべては遅すぎました」

　学校のスピーカーから、チャイムが鳴り響いた。子供たちが遊びをやめ、校舎に向かって走りだす。あっという間に、運動場から人影が消えた。
砂埃だけが、残った。

2

昭和六十二年九月

わたしは「みたむら」を辞めた。オーナーの三田村秀子が、慰留するために一度だけアパートまで来てくれたが、わたしの様子を見て無駄だと悟ったのか、五分もしないうちに帰っていった。

龍洋一を失ったわたしの生活は、水に浸した角砂糖のように、崩れていった。

目を覚ますのは午前十時ごろ。トイレを済ませてからまた布団に戻り、正午近くまで横になる。空腹に耐えられなくなると起きだして、ジャンクフードを缶ビールで流しこむ。はじめは三百五十ミリ缶を飲むと、半日は頭痛がして動けなかったが、二週間も続けると平気になった。

夕方になると、化粧もせず、スウェットの上下のまま、コンビニエンス・ストアまで歩き、弁当と缶ビール、ジャンクフードやカップラーメンの類《たぐい》を、気の済むまで買う。レジ袋をさげたまま、通り道にある児童公園のベンチに座り、弁当を食べる。こぢんまりとした児童公園には、ベンチのほか、ブランコやすべり台、ジャングルジム、砂場が揃っていた。昼間は母子連れが多いが、夕方になるとたいてい、子供たちだけで遊んでいる。

銭湯には三日に一度くらい、気の向いたときに通った。アパートに帰ると、テレビを見ながらジャンクフードを口にする。気力のあるときはカップラーメンをつくる。テレビは、チャンネルを数秒おきに替えながら、深夜二時近くまで見る。眠れそうにないときは、ウイスキーをコップ一杯呷る。するとたちまち足腰に力が入らなくなり、否《いや》でも布団に横たわる。気がつくと、めでたく朝になっている。

十二月下旬、酔ってアパートの階段から足を踏み外し、転げ落ちて気を失った。救急車で運ばれたが、骨には異常がなく、軽い脳震盪《のうしんとう》だと言われた。ただ、肝臓が腫れているとのことで、酒をやめるように警告された。酒がないと眠れないと訴えると、アモバンとサイレースという薬を処方してくれた。アモバンは入眠を促す薬で、サイレースは睡眠を持続させる薬だそうだ。たしかにこれを飲むと、アルコールなしで眠れるようにはなった。ただしそれは、眠ったというよりも、深夜二時から朝の十時までタイムスリップしたような感じで、眠りにつくときの倦怠、疲労、絶望が、目覚めたときにそのまま残っていた。眠っているはずなのに、まるで二十四時間、一睡もせずに生活しているような気がした。

世間では、いつのまにか、年が明けていた。テレビの出演者がみな、正月用の衣装を着ていた。おめでとうのオンパレードだった。

わたしは、テレビをつけたままにして、部屋を出た。冷たい空気が、肌を刺す。赤い太陽が、西に沈もうとしている。薄闇の忍びよる路地を、ぶらぶらと歩き、いつも弁当を食べている児童公園に入った。

四歳くらいの女の子が一人、砂場で遊んでいた。白いジャンパーに、赤いスカート、黒いタイツ。頭のてっぺんに、ピンク色のリボンを結んでいる。親の姿はない。

わたしはブランコに座り、地面を蹴った。ブランコが、きいと鳴く。女の子が振り返った。じっとこちらを見る。目がくりくりとして、頰のふっくらした、可愛らしい子。わたしは、笑いかけた。女の子は表情を変えない。興味をなくしたように、また砂に向かう。

女の子は、おもちゃの赤いスコップを握り、憑かれたような顔で、黙々と砂を掘っている。その横顔には、干渉を拒絶する雰囲気さえ、漂っていた。

太陽は完全に沈み、東の空から闇が降りてくる。空気がさらに、冷えこんできた。

わたしは、ブランコから立ちあがった。砂場に近づく。女の子の隣に、腰を落とした。

「ねえ、なにしてるの？」

「あなをほってる」

「穴を掘ってどうするの？」

「はいるの」

「……誰が？」

「みいちゃん」

「みいちゃんて？」

「わたし」

女の子は、手を休めずに、掘っている。

「こんな穴に入ったら、お洋服が汚れちゃうよ」

「いいの」

「おばさんも手伝おうか？」

女の子が、手を止めて、顔をあげた。

「ほんと？」

「うん。そのスコップ、貸してくれる？」

「いいよ」

わたしは、赤いスコップを手にして、砂を掘った。穴が見る見る深くなっていく。女の子は、穴の底をじっと見ている。

わたしは、自分の墓穴を掘っているような気がしてきた。この女の子は、わたしを地獄に誘う、死に神だろうか。……ああ、また馬鹿なことを考えている。

汗が滲んできた。

わたしは、手を休めた。

「ふう、ちょっと疲れちゃった」

女の子が、口を尖らせた。作業を中断したことが不満なのかと思ったら、

「おなかすいた」

その言い方が愛らしく、わたしは笑ってしまった。

「ママは？」

「しばらくそとで、あそんでなさいって。よびにくるまで、いえにかえっちゃだめだって」

「そう……寒くないの？」

「ちょっとさむい」

「そうだよね。ねえ、おばさんのうちにくる？　カップラーメンでもつくってあげようか」

女の子が、満面の笑みを弾けさせた。

「うん！」

わたしは、みいちゃんと手をつないで、公園を出た。みいちゃんが、道を歩きながら、歌

を口ずさみ始める。メロディがめちゃくちゃだったが、よく聞くと、テレビアニメの主題歌らしい。わたしも、できるだけ声を合わせて、歌った。みいちゃんが、つないだ手を、前後に振り始めた。歌声も大きくなる。足がスキップを踏んでいる。視線を感じたのか、急に足を止め、口をつぐんだ。不安げな眼差しで、わたしを見あげる。

わたしは、微笑みを返した。

みいちゃんが、ほっとしたような笑顔を、見せてくれた。

アパートに帰ると、薬缶に水を入れて、火にかけた。沸騰するあいだに、敷きっぱなしの布団を畳み、押入に押しこんだ。溜まっていた空き缶やゴミは袋に入れて、ドアの外に出す。隅に追いやってあったコタツを真ん中に戻し、電源を入れた。久しぶりに身体を動かして息が切れたが、これでなんとか、みいちゃんとわたしの座る場所ができた。

カップラーメンは、ちょうど二つ残っていた。神様に感謝した。

お湯を注いで、三分間待ってから、いただきます、と声を揃えた。

みいちゃんは、ほんとうに美味しそうに食べた。食べ終えると、きちんと手を合わせて、ごちそうさまでした、と言った。

わたしは、残ったスープを、流しに捨てた。居間に戻ると、みいちゃんが、コタツの天板に頬をぺたんとつけて、寝息を立てていた。わたしは、毛布を持ってきて、背中にかけてあげた。みいちゃんのそばに、腰をおろす。口を少しだけ開けた、無邪気な寝顔。見ていて、飽きなかった。丸みを帯びた頰を、指で触れた。押してみる。信じられないくらい、柔らかだった。

みいちゃんが、顔を顰めた。瞼を開けた。顔をあげた。きょろきょろと、周りを見回す。壊れそうな目で、わたしを見る。いきなり泣きだした。

「みいちゃん、どうしたの？」

「ママっ、ママぁ！」

「みいちゃん、ねえ、何か食べる？　ポテトチップスがあるよ」

わたしの声は、みいちゃんの耳には届いていないようだった。みいちゃんは、天井を仰ぎ、ひたすら母親を呼び続けた。大粒の涙を流し、ママ、ママ、と繰り返すばかりだ。

部屋のチャイムが鳴った。

わたしは、泣き続けるみいちゃんとドアを、交互に見た。チャイムがまた鳴る。

「みいちゃん、ちょっと待っててね」

わたしは、ドアに走った。

「誰？」

覗き穴から見ると、警察官が立っていた。

「夜分にすみません。ちょっとお隣のことでお伺いしたいことがあるのですが」

「いま、取りこんでいるんですけど」

「お時間は取らせません。すぐに済みます」

わたしは、仕方なく、ロックを外した。

ドアがいきおいよく開いた。

「ちょっと、なにを……」

「美岬《みさき》っ！」

警察官の後ろから、目を泣き腫らした女性が、走り出てきた。土足で部屋にあがっていく。

「ママぁ！」

みいちゃんが、その女性に飛びついた。女性が、みいちゃんを抱きしめた。

「美岬ぃ、ごめんねえ、ごめんねえ」

「お子さんに、間違いありませんね」

警察官が言った。

女性が、みいちゃんの髪に顔を埋めたまま、間違いありません、と叫んだ。

わたしは、ゆっくりと、警察官を見た。

「署までご同行願えますか？」

「どうして、わたしが？」

「幼児略取誘拐の容疑がかかっています」

「そんなつもりじゃ……」

「署のほうで伺います」

　部屋の外に出ると、眼下にパトカーが見えた。赤い光を、周囲にばらまいている。野次馬らしき人影が、集まってきていた。わたしは、視線を浴びながら、パトカーに乗せられ、連行された。

　取調室では、ありのままに話した。女の子が一人で寂しそうにしていたので、遊び相手になってあげたこと。寒くてお腹がすいたと言ったので、部屋にあげてラーメンを食べさせたこと。警察官が来たときになぜ泣いていたのか、虐待していたのではないか、と聞かれたが、わたしにもわからない、たぶん母親の姿がなくて心細くなったのではないか、虐待なんか絶対にしていない、と答えた。かつて二度服役していることも、自分から話した。どうせ調べればわかる。そのせいか、尿検査も受けさせられた。その夜は、留置場に泊まった。留置場は寒く、鼻水が出て仕方がなかった。

　翌日の取り調べは、正午前に始まった。担当官から、尿検査の結果は陰性だった、部屋からも覚せい剤は見つからなかった、わたしの供述が女の子の証言と一致した、と言われた。

結局、厳重な注意を受けただけで、放免となった。

警察署から放り出されたあと、アパートまで一時間かけて歩いた。部屋は隅々まで捜索されたらしく、すべてのものが、少しずつ動いていた。

夕方になって、大家が訪ねてきた。六十歳くらいの老人だった。警察に連行された事情を聞きたいという。わたしは、警察で話したことを繰り返した。それでも大家は、わたしに出ていって欲しいと言った。一週間以内という期限まで、一方的に決められた。

「大野島まで」

タクシーの運転手に告げてから、座席にもたれた。コートの襟を立て、深く息を吐く。車窓の外を見あげると、JR佐賀駅の文字が見えた。一瞬、幻を見ているような気がして、サングラスを外した。しかし間違いなく、佐賀駅はそこにあった。どうしてこんなところにいるのだろう。何をしているのだろう。大野島？　わたしは家に帰ろうとしているのか。

タクシーは駅前通りを南下し、本庄町袋《ほんじょうまちふくろ》の交差点を左折した。国道二〇八号線を走り、光法《みつのり》の交差点から県道二八五号線に右折すると、いきなり道路沿いに、真新しいラブホテルが建っていた。新聞販売店や地元企業の社員寮の立ち並ぶ通りを抜けると、あとは見渡す限りの田畑だ。

早津江に入ると、沿道にふたたび建物が増えてくる。郵便局や老舗《しにせ》のスーパーに混じり、東京のものと同じコンビニエンス・ストアができていた。

車は、早津江橋西のT字路を左折し、早津江橋を一気に登った。早津江川のゆったりした流れが、眼下に広がる。

前回大野島に帰ったのは、小野寺と雄琴に行く直前だったから、十五年ぶりの帰郷となる。

「筑後川に架かる橋は、もう出来たのかしら?」

「新田《しんでん》大橋ですね。もうずいぶんと前に、出来たとですよ。太か橋でね。長さが八百メートル以上あるとです」

「はい」

「この道をまっすぐ行ったら、行けるの?」

「じゃあ、その橋を渡ってちょうだい」

「大野島を過ぎるとですよ」

「かまわないわ。どんな橋が出来たのか、見てみたいから」

車は、早津江橋をおりて、大野島に入った。沿道には見覚えのない建物が並んでいる。故郷《ふるさと》に帰ってきたという感じがしなかった。

大野島を横断する道路は、全長二キロもない。緩やかな左カーブを曲がったら、目の前に、天空に向かうような、長い直線の上り坂が現れた。その頂点に、真っ赤な鉄のアーチが、神殿のように聳えている。その巨大さは、早津江橋とは比べものにならない。

「あれですよ」

車が、橋の直前の青信号を直進し、坂道を登り始めた。エンジンが大きく唸った。

登るに連れて、筑後川の全貌《ぜんぼう》が見えてくる。三百メートルはあるであろう幅いっぱいに、薄茶色の川面《かわも》が膨れあがっていた。中央を走っているはずの導流堤《どうりゅうてい》は、水没して見えない。

「雨が降ったの？」

「正月早々、大雨が二日も続いたとです。昨日の午後になって、やっと止んでですね」

遥か右手には、有明海が迫っている。左手すぐ下を見ると、渡し船の桟橋が残っていた。金木淳子はまだ、この土地にいるだろうか。

「渡し船は、どうなったの？」

「橋が開通して、しばらくしてから廃止になったとです。はじめのころは、橋を渡るのが怖かちう人が多くて、船を使っとりました。とくに年寄りがね」

車が、橋の頂上に登りつめる。濁った川面は眼下に遠ざかり、まるで飛行機で空を飛んでいるようだった。

車が、下り坂に入る。

「橋を渡ってからどげんしますか？　大野島にUターンしますか？」

「いいわ。そこの信号を右に曲がったところで降ろして」

タクシーを降りたわたしは、歩いて新田大橋を渡り、大野島に戻ることにした。

西の空に向かって、一直線に延びる坂道は、三百メートルくらいあるだろうか。その先の、高く突き出た巨大なアーチが、空中に浮かんでいるように見える。

わたしは、軽い緊張を感じて、歩きだした。坂にさしかかると、足の裏にはっきりと、勾《こう》配《ばい》を感じた。歩道の幅は、人ひとりがやっと通れる程度しかない。しかも車道との間にはフェンスもなく、ただ一段高くなっているだけだ。通行する車両が、すぐ脇を追い越していく。誤って手を伸ばそうものなら、弾き飛ばされそうだ。とくにダンプカーに追い越されると、風圧で引きこまれそうになる。なるほどこれでは、年寄りが怖がるはずだった。

この坂道を二百メートルほど登り、橋の本体に到達するころには、脚の筋肉が張り、心臓も激しく拍動していた。ここからは歩道の幅も広くなり、車道との間にもフェンスが設けてあった。さらに橋の頂上を目指して、歩いた。

そしてついに頂上に達すると、あまりの高さに、目が眩《くら》みそうになった。車で通ったときには感じられなかった、上空の気流や、音や、振動が、全身の皮膚から浸《し》みてくる。空を飛んでいるというより、いままさに空中を落下しているような錯覚に陥った。思わず立ち止まり、欄干から下を覗く。冷たい雨水を呑みこんだ流れに、吸いこまれそうになる。

ここから落ちたら、即死は免れない。

いま誰かに背中を突かれたら、その数秒後に、わたしは死ぬ。

この欄干を乗り越えるだけで、その数秒後に、わたしは死ぬ。

ひょっとしたら、自分はこの瞬間、これまでの人生でもっとも、死に近づいているのではないか。

強い横風に煽《あお》られた。足がよろめき、身体がふわりと浮く。下半身に、快感にも似た電流が走り、腰が抜けそうになった。コートの襟を、ぎゅっとつかむ。荒い呼吸を繰り返す。背中に汗が流れた。心臓が暴れていた。

わたしは、笑いたくなった。身体は死を、望んでいないのだ。この期《ご》に及んでなお、生きようとしている。

わたしは、有明海に向かって、深呼吸をした。風のなかに、微かな故郷の匂いを、感じ取ったような気がした。

見慣れた赤い屋根ではなかった。箱のような形をした、モダンな二階建ての家に生まれ変わっていた。庭には芝生が植えられ、小さな花壇までしつらえてある。駐車スペースには、真新しい四輪駆動車。門柱の表札には、たしかに『川尻』とあった。

陽が傾いてきた。腕時計を見ると、すでに午後五時をまわっている。東京ならばとうに暗くなっている時刻だが、ここではまだ空が明るかった。

門柱の前に佇んだ。自分が何をしたいのか、わからなかった。どうしてここに戻ってきたのだろう。何を求めているのだろう。

しかしこの家に、自分が縋りたいと思っている何かが、存在するはずだった。

玄関のドアが開いた。小さな男の子が出てきた。黒いズボンにフード付きのジャケット。一目で、紀夫の子供だとわかった。芝生に向かって駆けだし、しゃがみこんで玩具のようなものを拾いあげる。それを持って、すぐに家に入ろうとする。はっと立ち止まり、わたしを見た。

「こんにちは」

男の子が、恥ずかしそうに、頭をさげた。

「こんにちは」

わたしは、笑みを返しながら、門を入った。男の子の前で、腰を落とす。男の子の、澄み切った瞳に、わたしの顔が映った。

「あなたは、ここのお子さん？」

「うん」

「名前は何ていうの？」

「しょう」

「しょうっていうの。かっこいい名前だね。歳はいくつ？」

「ごさい」

男の子が、右掌《みぎて》を広げて、押し出すような仕草をした。

「このお家で、お父さんとお母さんと住んでいるの？」

「それと、おばあちゃん」

「あのね、ショウくん、もう一人……」

「おい、お客さんか」

声がして、玄関のドアが開いた。

紀夫だった。

グレーのズボンに茶色のセーター。正月気分で酒でも飲んでいたのか、目の周りが赤い。口に爪楊枝《つまようじ》をくわえていた。磐井屋《いわいや》の屋上で会ったときと、あまり変わっていないような気がする。

わたしは、立ちあがった。

紀夫が、目を剝いた。爪楊枝をつまんで、足もとに投げ捨てる。男の子に向かって、

「笙、中に入っとらんね」

男の子が、ばいばい、とわたしに手を振って、家に入っていった。

紀夫が、ドアが閉まるのを見届けてから、ズボンのポケットに手を突っこんだ。出した手には、車のキーが握られていた。

「ここじゃ話もできん。乗らんね」

紀夫が、四輪駆動車に乗りこんだ。わたしも、助手席に乗った。紀夫がキーを回すと、エンジンが吼《ほ》えた。荒っぽい操作で車を出す。車内が、酒臭くなった。

「何しに戻ってきたと？」

紀夫が、前を向いたまま、言った。

「まだ許してくれないの？」

「人殺しまでしとって、許してくれち？　なんちゅう神経しとるね」

「さっきの子、あなたの息子ね」

「ああ……」

「わたしにとっては甥ね」

「あんたはおらんことになっとるけん。いらんこと、しゃべっとらんやろうな」

「何も言ってないわ」

「ならよか」

車が、早津江橋を渡り、県道二八五号線を北上した。

紀夫は、黙りこくって、表情のない目を、前に向けている。

「ねえ、紀夫」

返事はない。

「久美は、どうしてるの？」

紀夫が、ちらとわたしを見た。鼻息を吐く。

「あの家には、いないの？」

「久美は、死んだと」

「……死んだ？」

「そう。久美は、もう、死んだ」

わたしの手足を動かしていた糸が、ぷつんと切れた。わたしは、自分が最後に縋りたかったものを、はっきりと意識した。そしてそれはもう、この世にはいなかった。

「去年の秋ばい。風邪ばこじらせて、肺炎ば起こしよった。久美の最期の言葉、わかるか？」

わたしは、首を横に振る。

「姉ちゃん、おかえり。そげん言うて、笑いながら死んでいった」

車は、光法の交差点を、左に曲がった。

紀夫がスイッチを操作して、ヘッドライトを点灯した。意味のない風景が、目の前を流れていく。エンジンの音が、大きく聞こえた。フロントガラスに、太宰府天満宮《だざいふてんまんぐう》のお守りが、揺れている。縫いつけられた金文字が、きらりと光った。

気がつくと、車が停車していた。

「降りんね」

見あげると、ＪＲ佐賀駅の文字が見えた。

わたしは、車を降りた。

「紀夫……」

「二度と来るな」

紀夫が、身体を伸ばして、助手席のドアを閉める。激しい音がした。

紀夫の四輪駆動車が、わたしを置いて、走り去った。

3

時計を見た。午前二時だった。シャツに触れると、じっとりと濡れている。首の後ろまで、汗にまみれていた。

俺は起きあがり、蛍光灯を点した。エアコンのスイッチを入れて、シャワーに直行する。熱い湯を浴びてから、缶ビールを開けた。テレビをつけ、ベッドに腰掛けた。

寝汗をかいたのは、暑さのせいだけではない。夢を見たのだ。内容は忘れてしまったが、松子伯母の夢だったことは確かだ。

いまの俺は、たぶん他の誰よりも、松子伯母のことを知っている。ただ、龍さんに去られたあとの消息だけは、わからない。沢村さんの話から推測すると、荒《すさ》んだ生活をしていたのだろう。しかし沢村さんとの再会をきっかけに、何かが変わろうとしていたのではないか。そうあって欲しい。

松子伯母の人生は、何だったのだろう。悲劇とか、不幸とか、そんな言葉では言い表せそうにない。そもそもの躓きは、教師生活二年目の、修学旅行先での盗難事件だ。いや、その前に、当時の校長に乱暴されかけた事件もあった。それらの事件さえなければ、平穏な人生を歩んでいたかも知れない。失踪することもなかったかも知れない。小さな俺と遊んでくれたかも知れない。いっしょに久美叔母さんの看病をして、そのうちにいい人を見つけて結婚して、子供もできて、たまに遊びに来たら、俺が子供の相手をしてやって……。

気がついた。

俺はまだ、松子伯母が最初に躓いた年齢にも、達していない。松子伯母の人生を他人《ひと》ごとのように考えてきたが、この先、俺に同じことが起こらないという保証はない。沢村さんから言われたように、何かの拍子で人を殺してしまうことだって、ないとは言い切れない。殺人まで犯さなくとも、生きている以上、予想もしなかった出来事に、数多く遭遇することになるのだろう。

確実に言えることは、俺も松子伯母と同じように、時間が経てば老いていくし、いつかは必ず死ぬということだけ。時間は限られている。その限られた時間と、どう向き合っていくか。

たぶん、俺はまだ、わかっていないのだろうな、と思う。松子伯母のほんとうの哀しみも、人生のことも。

（松子伯母さん、ごめんな。いまの俺には、これが精一杯だ。もう少し大人になったら、もっと理解してあげられるかも知れないけど）

ほんとうは、生きているうちに、会いたかった。会って、話を聞きたかった。俺の話も、聞いて欲しかった。

（それにしても……）

いったいどこの誰が、何のために、松子伯母を殺したのか。死因は内臓破裂だと親父が言っていたが、なぜそこまで暴行を加えなければならなかったのか。

松子伯母は骨になり、松子伯母を殺した犯人は、いまもどこかで生きている。俺の心の中で、犯人への憎しみが、徐々に濃度を増してきていた。

気がついたら、カーテンが白っぽく輝いていた。テレビでは、騒々しいトーク番組が始まっている。

寝こんでしまったようだ。

俺は、目を擦りながら、起きあがった。

「おはよう」

「おは……えっ！」

ベッド脇に、明日香がいた。膝を抱えるようにして座り、俺を見ている。

「なに、おまえ、いつ入ってきたの？」

「一時間くらい前。チャイムを鳴らしても反応がなかったから、合い鍵使って入っちゃった。だめだよ、ちゃんとチェーンを掛けておかないと」

「いままで、なにしてたの？」

「笙の寝顔を見てた」

明日香が、へへ、と笑う。

「かわいかったよ」

「帰省してたんだろ？」

「きのうの夜、戻ってきた」

「早かったな。もっとゆっくりしてくるのかと思った」

「そのほうがよかった？」

「んなことはないけどさ」

俺は、明日香の顔を、まじまじと見た。

「どうしたの？」

「いや、人生には、予想もつかないことがあるなと思って」

「なにそれ？」

「なんでもない。朝飯は？」

「もうお昼」

「じゃあ昼飯は？」

「まだ」

「外で食うか」

「いいよ」


とりあえず駅前まで歩き、そこで適当な店に入ることにした。

俺は道すがら、龍さんから聞いたことを、かいつまんで話した。

明日香は、黙って聞いていた。俺が話し終えると、ぽつりと言った。

「笙、変わったね」

「なにが？」

「だって最初は、松子さんのことなんか、ぜんぜん興味がないって言ってたのに、いまはまるで、亡くなった友達のことを話しているみたい」

「自分でも、よくわからない。やっぱり、血の繋がりがあるせいじゃないか」

「でも、他人も同然だったんでしょ」

「それはそうだけど、龍さんの話を聞いてしまったから……。あ、それで思い出した。龍さんのいる教会、けっこう近いんだぜ。あとで行ってみる？」

「……いや、いい」

俺は思わず、明日香の横顔を見つめた。

龍さんと話がしたいと、神様にお願いしたのは明日香なのに……。

明日香は、口元を真一文字に結び、考えごとをするような目を、前に向けている。

「明日香、何かあったのか？」

「うん……」

なんだろう。俺と明日香のあいだに、透明な膜が挟まっているような感じがする。手を伸ばせば触れられるはずなのに、それができない。

「最近あらためて思ったんだけど、俺って明日香のこと、何も知らないよな」

「どうして？」

「明日香にお姉さんがいることも知らなかったし、ほかに兄弟がいるのか、何人家族なのか、聞いたこともなかっただろ。あと、小さいときはどんな子供で、食べものは何が好きだったとか」

「どうして聞かなかったの？」

「……きっと俺は、目の前にいる明日香が、明日香のすべてだと思いこんでいたんだろうな」

「いまは、そうじゃないの？」

「うん……何て言ったらいいのかな、ここにいる明日香は、生まれてから今までの、いろいろな人との関わりや経験の積み重ねの上に、存在しているんだなって……俺の言ってること、わかる？」

明日香が、ふっと笑った。

「なんとなく」

「明日香と付き合い始めて、ああ、明日香にはこんな面もあったんだって、新たに発見することは多かったけど、明日香はまだ、俺がびっくりするような面を、いろいろ持っているんじゃないかって気がする」

明日香が、顔を空に向ける。明日香の胸が、膨らんだ。何かを吹っ切るように、長く息を吐く。

「あたしのお母さんね、あたしが小さいときに、出て行っちゃったの、男の人といっしょに」

きのうの天気のことを話すような口調だった。

「あたしね、テレビに出たことがあるんだよ。ほら、昔よくあったでしょ。奥さんに逃げられた男の人が、涙流して『ヨシコ、帰ってきてくれえ』って叫ぶやつ。よく憶えていないんだけど、親戚から強引に勧められたらしくって、お父さんと姉貴といっしょに出たんだって」

「……小さいときって、何歳？」

「幼稚園に通っていたから、五、六歳だったと思う」

「で、お母さんは？」

「いまも行方不明」

俺は、はっと気づいた。

「明日香、松子伯母さんのことを気にしていたのは、もしかして……」

明日香が、沈んだ顔で、うなずく。

「そうなんだろうね、たぶん……自分でも知らないうちに、松子さんにお母さんを重ねて、見ていたのかも知れない。生きていればちょうど、同じくらいの歳だもんね」

明日香が、瞬きをしながら、笑みを浮かべた。

「あたしね、お母さんのこと、嫌いなの。だってそうでしょ、自分が幸せになるために、お父さんやあたしたちを置いて逃げてしまうなんて、許せることじゃないでしょ」

「うん」

「……でもね、あんまり不幸にも、なってて欲しくないなって、思う」

「どうして？」

「どうしてだろうね。不幸のどん底にいたら、憎むのがかわいそうになっちゃうからかな」

「幸せでいて欲しいんだ、お母さんにも」

「きっと、すごく悩んだと思うんだ、お母さん。悩み抜いた末に、家族を捨てて、男の人と暮らすことを選んだ。たぶん、一生に一度の、大きな決断だったんじゃないかな。それで幸せになってくれなきゃ、何のためにあたしたちが苦労したか、わからないじゃない……あたし、変かな？」

「変じゃないよ」

明日香が、明日香らしい笑顔を、久しぶりに見せてくれた。

「どう、びっくりした？」

「した」

明日香が、真剣な顔に戻る。

「ついでにもう一つ、びっくりさせてあげようか」

「……なんだよ？」

「あたしもね、大きな決断をすることにしたんだ」

俺は、足を止めた。

明日香が、唇を固く結んだ。ひとつ息を吸ってから、

「大学を、やめることにした」

「マジ？」

明日香が、俺と向き合った。

「なんで？」

「もう一度、受験勉強して、医学部に入り直す」

俺は、とっさに言葉が出なかった。

「い？」

「医学部」

「……医者になんの？」

「なる」

「明日香が？」

「うん」

「冗談、じゃないよな」

「真面目な話」

俺は、どう反応していいのか、わからなかった。そんな自分をごまかすように、笑った。

「でも、明日香と医者って、なんか結びつかないよな。そもそもなんで、医者になろうと思ったわけ？　やっぱり、お母さんのことが、関係してる？」

明日香が、首を横に振る。

「お母さんは関係ない。フレデリック・グラント・バンティングという人、知ってる？」

「フレデ……知らん。誰、それ？」

「カナダの医学者。一九二一年に、医学生だったC・H・ベストと力を合わせて、たった二カ月で、インスリンの抽出に成功した人」

「インスリンっていえば、糖尿病の……」

「そう。バンティングたちが抽出したインスリン標品が、糖尿病で死にかけていた十四歳の少年に投与されて、彼の命を救ったのが八カ月後。糖尿病はそれまで死の病とされていたから、これは画期的なことだったの。二年後には、その業績を評価されて、ノーベル医学生理学賞を受賞してる。でもその後、第二次世界大戦に出征して、飛行機事故で亡くなったの。まだ四十九歳だったって」

「そういえば生物の参考書で、そんな話を読んだことがあるような気がするけど。で、その人、明日香が医者になることと、どう関係があるんだ？」

「バンティングとベストという、たった二人の人間が発見したインスリンは、お年寄りから若い人まで、何億人もの糖尿病患者の命を救ってきて、これからも救い続けていくのよ。発見者が死んだ後も、ずっと。これって、凄いことだと思わない？」

「まあ、そう言われてみれば……」

「高校の生物の時間にね、先生がバンティングのことを話してくれたの。そのとき、あたしも一つでいいから、世の中の役に立つことを成し遂げたいって、強く思った。バンティングみたいに、自分の生きた証を、世界に残したいって。せっかく人間に生まれてきたんだから」

「だから、医者に？」

「そう。でも、現役で医学部に入るには、ちょっと力が足りなかった。お父さんや姉貴は、挑戦してみろって言ってくれたけど、どうしても自信が持てなくて、無難な道を選んでしまって……」

「無難ね」

　ちなみに俺の大学合格は、担任教師から奇跡と評された。

「でも、妥協してしまったことは、心の底で、ずっと引っかかってた。いまの大学に入って、笙に会えたことは、ほんとうによかったと思ってるよ。でも、最近になってやっと、このままだと死ぬときに、絶対に後悔するってわかったの。どうしてあのとき、思い切って、自分の夢に突き進まなかったんだろう。どうして自分の可能性を、とことん試さなかったんだろうって」

明日香の目が、きらきらと輝いた。

「いまならまだ、それができるのよ」

明日香は、俺の手の届かないところに、行こうとしている。直感的に、そう思った。俺はこれから、別れを体験しようとしているのだ。おそらく人生で、もっとも大切な別れの一つを。

「わかった」

俺は言った。

「明日香の夢を、応援するよ」

明日香が、笑みを浮かべる。

「ありがとう」

「どこの医学部に？」

「まだ決めてないけど、関東には来ないと思う。できれば、名古屋大学に行きたい。難しいだろうけど」

俺は、次の問いを投げるのが、怖かった。でも、逃げることはできない。

「で、俺たち、どうなるんだ？」

明日香が、目を伏せる。しばらく黙ったあと、静かに言った。

「友達に、戻らない？」

足もとが崩れていくような気がした。

明日香は、自分の人生を獲得しようと、歩き始めたのだ。俺に止める権利はないし、止められるものでもない。

いいじゃないか。喜んでやろうよ。

「仕方が、ないよな。なんたって医学部だもんな。勉強しなくちゃ、いけないもんな」

明日香の頬が、震えた。潤んだ目をあげた。何かを言いそうになった。

俺はそれを遮るように言った。

「夢、絶対に、叶えろよな」

明日香が、俺を見つめる。

「うん……」

感情が胸に充満してきた。やばい、と思った。俺は先に歩きだした。

明日香がついてくる。

「退学願は？」

わざと軽い声で言った。

「休み明けに、出すつもり」

「じゃあ、あと一カ月はあるわけだ」

「笙、あたし、最低かな？」

俺は立ち止まった。振り返った。

「なんで？」

「笙よりも、自分の夢を優先させることになるから」

「……家族を捨てたお母さんといっしょだって、思ってるのか？」

「笙だって、ほんとうは怒ってるでしょ？　勝手な奴だって」

「明日香」

俺は、めいっぱい低い声をつくった。

「この川尻笙を、見損なってもらっちゃ困るぜ」

明日香が、じっと俺を見る。目から涙を零しながら、笑った。俺の胸に、顔を寄せてきた。

俺は明日香を、抱きしめた。キスをする。見つめ合う。言葉は必要なかった。

俺の携帯電話が鳴った。

催眠術が解けたように、互いの身体を離す。

俺は、ポケットから取り出して、耳にあてた。

誰だよ、まったく。

『あ、おれだけど』

後藤刑事。

『お待たせ。捕まえたぜ、君の伯母さんを殺した奴ら』

4

国分寺市西元町のアパートを追い出されたわたしは、家電や食器類などをすべて処分し、身の回りの品だけをバッグに詰めて、旅に出た。仙台、盛岡、青森と回り、津軽半島の龍飛《たっぴ》崎《ざき》まで行ったが、赤木がいるはずの北海道には、渡らなかった。

きっと赤木は、雪乃のイメージを、持ち続けてくれている。わたしが滅びても、赤木の心の中では、いつまでも若くて綺麗なわたしが、生き続ける。それが今のわたしにとって、たった一つの救いだ。もし赤木を探し出して会ったら、そのイメージを崩してしまうのではないか。それに赤木がすでに死んでしまっていたら、わたしの最後の希望まで、消えてしまう。

結局、東京に引き返すことにした。東北に住まなかった理由は、寒さが厳しいことと、言葉がわからないこと。やはり、誰の干渉も受けない東京が、性に合っていた。

常磐線《じょうばんせん》で上野に向かっているとき、車窓を覗くと、眼下に大きな川が見えた。荒川《あらかわ》だった。筑後川に似ている、と思った。まもなく電車が減速し、停まった。わたしは、バッグを持って、降りた。

駅前商店街を歩いていたら、不動産屋を見つけた。そこでアパートを探した。荒川の近くに空き部屋があった。築十年で風呂なしだが、家賃は安い。実際に見てみると、小ぎれいな部屋だった。即断して、その日のうちに入居した。保証人はいなかったが、敷金を払ってくれれば問題ないとのことだった。

このとき、わたしの預金通帳には、トルコ嬢時代に稼いだお金が、一千万円以上残っていた。刑務所での九年間は生活費が必要なかったし、社会に出ているときには美容院で働いていた。国分寺の三年間では、龍洋一との生活に備えて節約していたので、貯金が増えたくらいだ。

結局、わたしを裏切らなかったのは、お金だけなのか。メロドラマのような結論には、自嘲《ちょう》するしかなかった。

いいだろう。それならわたしにも考えがある。もう誰も信じない。誰も愛さない。誰にもわたしの人生に立ち入らせない。

わたしは、新聞の求人広告を見て、ときどきパートの仕事についた。スーパーのレジ。ビル清掃。何でもやった。バーのホステスにも応募したが、面接で断られた。履歴書の賞罰欄には、前科のことを書かなかった。どうせわかりっこない。就職してもたいてい、半年と保《も》たずに辞めた。どの職場に入っても、なじめなかった。わたしは、お金さえ稼げれば、同僚に嫌われようと爪弾《つまはじ》きにされようと平気だったが、周りはそうもいかないらしい。美容院に就職しようとは思わなかった。シザーを見るのも嫌だった。

四十一歳の誕生日から二カ月ほど経ったころ、ひどい目眩に襲われた。布団に横たわると、吐き気がして、立っているのも辛くなった。水も飲めずに、一日中、天井を眺めていた。このまま死ぬかも知れない、起きあがれなくなった。熱を測ったところ、四十度近くある。このまま死ぬかも知れない、と思った。二日間、何も口にできなかった。三日目の朝、少しだけ身体が軽くなったような気がした。這って冷蔵庫に行き、中にあったものを片っ端から食べた。その日の昼過ぎになって、やっと立ちあがることができた。なかなか死ねないな、と思った。そして、生理が久しく来ていないことに気づいた。妊娠はあり得なかった。この五年間、セックスはしていない。

閉経。十五歳から続いてきた女の証が、終わっていたのだった。まさか終焉《しゅうえん》が、こんなに早く訪れるとは、思わなかった。わたしの肉体はもう、女ではないのか。では何なのだ？ただ食って寝て生き長らえているだけの、醜い何かなのか。

歩けるようになってから、コンビニエンス・ストアに出かけた。弁当やサンドイッチを山のように買った。それを部屋に持ち帰り、一日かけて食べた。大食いは快楽だと知った。寝る前には、毎日のようにアルコール、とくにウイスキーを口にした。気持ちが乱れるにつれて、時間の流れが加速していった。夜、ウイスキーをコップに注いで一息に呑み、布団に横になったら、次の瞬間にはもう夜になっていて、ウイスキーをコップに注ごうとしていた。十一月に入ったと思ったら、いつのまにかクリスマスになっていて、気がついたら昭和が終わり、桜が咲いていた。梅雨がうっとうしいと思ったら、また桜が咲いていた。季節がまるごと、消えていくようだった。

新しいウイスキーの瓶を開けたとき、きょうは五十歳の誕生日だと気づいた。この十年近く、自分が何をしてきたのか、まったく記憶がなかった。手から力が抜け、瓶を落として割ってしまった。

以前に比べて、腹の回りに贅肉がついた。肌が荒れた。顔の皺が増えた。シミが増えた。化粧をしなくなった。部屋が汚くなった。臭くなった。不潔になった。たしかに年月が過ぎていた。信じられなかった。

このまま汚らしく老いて、一人さびしく死んでいくのだろうか。嘘だと思いたかった。これは何かの間違いだ。悪い夢を見ているのだ。しかし、いくら待っても、目は覚めなかった。

翌日、新しいウイスキーを買おうと外に出た。行く手を、一匹の猫が横切った。足がすくんだ。動けなくなった。なぜ猫ごときを怖がるのか、自分でも理解できなかった。猫だけではなかった。カラスが鳴くと、頭を抱えて蹲《うずくま》った。後ろで物音がすると、悲鳴をあげた。たまらず部屋に引き返した。カーテンを閉め切り、部屋の真ん中で、膝を抱えた。知らず知らずに、心臓の鼓動を、数えていた。すると、ときどき脈が飛んだ。髪の毛が逆立った。心臓が止まろうとしている。本気でそう思った。一所懸命に念じて、心臓を動かし続けた。鼓動を意識していないと、心配で気が狂いそうだった。何も手につかなくなった。そして突然、怒りが爆発した。

田所、なぜわたしを乱暴しようとした？　なぜわたしを学校から追い出した？
佐伯《さえき》、なぜわたしを庇《かば》ってくれなかった？
徹也、なぜわたしを連れて行ってくれなかった？
岡野、なぜわたしを弄《もてあそ》んだ？
赤木、なぜはっきり求愛してくれなかった？
綾乃姐さん、なぜ幸せになってくれなかった？
小野寺、なぜわたしを裏切った？
島津、なぜわたしを待っていてくれなかった？
めぐみ、なぜわたしを見限った？
洋くん、なぜわたしを置いて逃げた？

両親、なぜわたしを愛してくれなかった？

紀夫、なぜわたしを許してくれなかった？

久美、なぜ勝手に死んでしまった？

わたしがこんなになったのは、おまえたちのせいだ！


気がつくと、誰もいない壁に向かって、怒鳴っていた。

愕然《がくぜん》とした。

わたし、壊れている……。

病院に駆けこんだ。精神科を受診した。症状を訴え、いくつかの抗不安剤を処方してもらった。薬を飲むと、頭がぼうっとした。ぼうっとしているあいだも、時間は容赦なく、駆け抜けていった。

平成十三年七月九日

病院の待合室に備え付けられたテレビは、正午のＮＨＫニュースを流していた。画面に、懐かしい建物が映った。それは、福岡天神の老舗百貨店・磐井屋が、事実上倒産したというニュースだった。

「不景気だねえ。いったい、この国はどうなるんだ」

後ろの長椅子から、老人の声が聞こえる。

滅びてしまえ、と思った。

「川尻さあん、川尻松子さあん」

会計係の女が、声を張りあげた。

わたしは、椅子から立ちあがった。いつものようにお金を払い、薬の処方箋《しょほうせん》を受け取り、病院の出口に向かいかけたときだった。

「松ちゃん？」

ぎょっとして振り向いた。息を呑む。一目でそれが誰かわかった。

上品なグレーのボレロ・スーツ。スリムな体型は変わっていない。若い男を一人、従えている。

「めぐみ……」

「やっぱりそうだ、松ちゃんだ」

めぐみが、笑みを輝かせて、わたしの手を握った。大人っぽい香水が、鼻を掠める。

わたしは、自分の体臭が気になった。地の底に消えてしまいたかった。

「久しぶりだよねえ、どうしてたんだよ」

わたしは、手を引っこめた。目を伏せる。

「松ちゃんは今、何やってるの？」

「別に……」

「どうしたんだよ、あたしのこと、忘れたわけじゃないだろ？」

「ごめん。わたし、急ぐから」

愛想笑いを浮かべ、横を通り抜けようとすると、

「ちょっと待てよ！」

わたしは、目を閉じて、立ち止まった。

「どうしたの？　それが十八年ぶりに会った親友に言う言葉？」

わたしは、振り向いた。めぐみを睨んだ。

「親友？　わたしはあなたのことを、親友だと思ったことはないよ」

めぐみが鼻白《はなじろ》んだ。唇を歪めて、けっと笑った。

「そうかい。ま、いいや。で、美容師、続けてるの？」

首を横に振った。

「一人暮らし？」

うなずく。

「どこで？」

「日ノ出町の……そんなこと、あなたには関係ないでしょ」

「働いてるんだろ？」

「……いまはとくに」

めぐみが、憐《あわ》れむような目を、わたしに向ける。

そんな目で見るな。

「じゃあさ、うちで働かない？」

わたしは、目を剝いた。

「専属の美容師が欲しいんだ。松ちゃんなら、じゅうぶんやれる」

「無理よっ」

わたしは叫んだ。

「どうして？」

「美容師なんて、何年前の話？　ハサミの持ち方も忘れてるよ」

「手が憶えてるはずだよ。その気になれば、できるよ」

「できない。できるわけない」

「どうして決めつける？　やってみないとわからないだろ？」

「もう放っておいて。わたしは、もういい。このままでいいの」

「何がいいんだよ。ぜんぜんよかないよ。いまの自分の顔、鏡で見たことある？　松ちゃん、いま、自分がほんとうに生きているって、実感できる？」

「わかったような口を利かないで。あなたにはご主人がそばにいる。わたしの気持ちがわかるわけがない」

めぐみの顔に、哀しげな笑みが浮かんだ。

「旦那はとっくに死んだよ。癌《がん》でね。あたしだって安穏と暮らしてきたわけじゃない。二人の子供と生きていくために、恥を晒しながら必死に働いてきたんだよ」

「わたしはあなたとは違うのよ！　あなたのように、何にでも立ち向かっていける、強い人間じゃないの。もう放っておいて、お願いだからっ！」

わたしは、めぐみに背を向けた。腕をつかまれ、振り向かされる。手に、何かを握らされた。

「わかったよ。そこまで言うのなら、もう松ちゃんには関わらない。干渉しない。でももし、もう一度、美容師として働く気があるのなら、遠慮せずに、ここに連絡して」

それは、めぐみの名刺だった。

沢村めぐみ。サワムラ企画・取締役社長。

わたしは名刺を握り、逃げるようにその場を離れた。

「待ってるよ、松ちゃんっ！」

めぐみの声が、背中から心臓を貫いた。


病院を出ると、熱気がまとわりついてきた。太陽は真上に昇っている。

わたしは、波立つ感情を無視して、ひたすら歩いた。細い路地を抜け、大通りを横断し、JR北千住駅の前から駅前商店街を突っ切っていく。いつもなら病院帰りに、駅前のコンビニエンス・ストアに寄り、雑誌を立ち読みしたり弁当を買ったりするのだが、きょうはその気にならない。

慣れない速さで歩き続けて、さすがに息が切れてくる。しかもこの暑さ。立ち止まると、汗が滴り落ちた。いつのまにか、千住旭公園に出ていた。学校の運動場のように広い児童公園には、そこかしこに樹《き》が植えられている。公園のすぐ北側には、八階建ての白亜のマンションが聳えている。

わたしは、車両止めの間を通り、公園に入った。公園中央に植えられた樹を囲むように、円形のベンチが設けてあった。ちょうど日陰になっている。わたしは、そこに腰をおろした。手にはまだ、めぐみの名刺を握っていた。汗が染みていた。

「なにが、松ちゃん、だ。馬鹿にしやがって……」

両手で名刺をくしゃくしゃに丸め、地面に叩きつけた。立ちあがって足で踏んだ。

誰が、あんたの世話になるものか。

もう一度踏みにじってから、歩きだした。

アパートの近くまで戻ったところに、もう一つコンビニエンス・ストアがある。そこで缶ビールやジャンクフード、カップラーメン、菓子パンを大量に買った。

部屋に帰ると、着ているものをすべて脱ぎ、湿らせたタオルで身体を拭いた。洗濯しておいた下着をつけ、買ってきた缶ビールを開け、一気に飲み干す。大きなげっぷが出た。頭がくらくらした。畳の上に、大の字に寝た。

目を覚ますと、部屋が暗かった。照明を点け、時計を見る。夜の八時十五分。クリームパンを囓《かじ》ってから、洗面器とタオルを持って、銭湯に行った。広々とした湯船に、一時間以上浸かっていた。何も考えなかった。

部屋に帰って、すぐにウイスキーをコップに注いだ。口まで持っていったが、飲まずに置いた。琥珀《こはく》色の液体が、抗議するように揺れる。その様を見つめながら、めぐみから投げられた言葉を、思い返す。すぐに首を振った。

「無理だよ、できるわけが……」

『どうして決めつける？　やってみないとわからないだろ？』

両掌を広げた。目の前に掲げた。


カチッ。


何かのスイッチが入ったような音が、頭の奥で聞こえた。

ロッドを巻く真似をしてみた。シザーを操る真似をしてみた。ピンパーマ。ストロークカット。レイヤーをつけ、最後はフィンガーブロー。手を使い、思いつく限りの技術を、再現していく。

夢中になった。指が喜んでいた。この十数年間、滞っていた血流が、ふたたび動き始める。意識が鮮明になってくる。封印され、埃を被っていた財産が、小躍りしながら飛び出てくる。できる。憶えている。

我に返ると、二時間が過ぎていた。その間に、想像上で完成させた髪型は、十をくだらなかった。わたしは、震えるほど、興奮していた。

「やろう」

もう一度、やろう。だめでもともとじゃないか。やるだけやってみよう。

「めぐみに謝らなきゃ……」

あっと気づいた。めぐみの名刺を捨ててしまった。あれがなければ、連絡先がわからない。

わたしは、部屋を飛び出した。千住旭公園に走った。朝まで待ちきれなかった。こんなに心が弾む夜は、龍洋一の出所前夜以来だった。

公園に近づくと、嬌声《きょうせい》が聞こえた。公園の中で、若者たちが花火を楽しんでいた。五、六人いるだろうか。街灯は、公園の真ん中に一本だけ、点っている。

めぐみの名刺を捨てたのは、どのあたりだったろう。たしか、樹の下のベンチだったはずだ。わたしは、見当をつけて、公園の中を走った。見覚えのあるベンチ。あった。地面を這って探した。たしかこのあたりで、踏みつけたはず。しかし、それらしきものは落ちていない。どこだ。どこだ。めぐみの名刺は、どこだ。

「こいつ、ホームレスかな」

「石鹸《せっけん》の匂いがするじゃん」

声が聞こえた。

顔をあげた。

花火をしていた若者たちが、目の前に立っていた。十代の女の子も混じっていた。

「やだ、あたしと同じやつだよ、この匂い」

わたしは、立ちあがった。

「ねえ、あんたたち、このあたりに名刺が落ちてなかった？　くしゃくしゃに丸めてあったんだけど……」

鳩尾《みぞおち》に何かが食いこんだ。息が詰まった。地面に突っ伏した。胃から熱いものが逆流してきた。口の中に、酸っぱいクリームパンの味が、広がった。足で転がされた。仰向けにされた。

熱に浮かされたような哄笑《こうしょう》が、夜空に響きわたった。

「きったねえ、こいつゲロってるよ」

「いい気味。生意気なんだよ、あたしと同じ石鹸使うなんて」

「みんなでお仕置きしてあげようか」

魔物のような目が、わたしを取り囲んでいた。何が起ころうとしているのか、わからなかった……。

……。

　わたしは目を開けた。暗い空間にいた。壁に手をついて、立ちあがった。腰が抜けて、また座りこんだ。硬い何かで、尻を打った。衝撃が腹を抉《えぐ》った。呻き声をあげた。咳《せ》きこんで、痰を吐き出した。尻の下の硬いものを、手で触れた。便器らしかった。もう一度立ちあがり、目の前の壁を押した。簡単に開いた。よろめきながら、外に出た。生温かな空気が、肺に入ってきた。街灯が点っていた。その光が、黄緑色に見えた。人の気配はなかった。思い出した。ここは公園だ。めぐみの名刺を探さなきゃ。思ったとたん、腹の底から熱い液体が、噴きあがってきた。呻きながら、地面に吐き散らした。口の中が、ひりひりと染みた。手で、口元を拭った。

　夜空を見あげた。何も見えなかった。目を戻した。呼吸を整えた。足を踏み出した。歩けた。一歩、一歩、進んだ。公園を出た。アスファルトを踏みしめながら、路地を進んだ。ほかのことは、考えなかった。ひたすら前に、歩き続けた。足がもつれて、転んだ。顔から突っこんだ。砂を嚙みながら、立ちあがった。電柱に手をつき、唾を吐いた。

　歩かなきゃ。

　ふたたび足を、踏み出した。休みながら、休みながら、歩き続けた。前だけを見て、崩れそうになる身体を支えた。永遠に等しい時間の果てに、ひかり荘まで、帰り着いた。部屋の前に、立った。ポケットを、まさぐった。鍵が、見つからなかった。

公園で落としたのか……。

後ろを、振り返った。涙が溢れた。縋るような気持ちで、ドアノブを握った。回った。開いていた。鍵をかけ忘れていた。頰を歪めて、笑った。声は出なかった。

ドアを開け、部屋に入った。靴を脱いだ。あがった。蛍光灯を点けた。すべてが黄緑色に見えた。

吐き気がした。流しに飛びついた。口を開けた。呻き声のほかは、何も出てこなかった。

腹の中が、腐っているようだった。

手足が、重くなってきた。心臓だけが、もの凄い速さで、動いていた。鼻の奥に、きな臭い匂いが、広がってくる。心臓の鼓動が、さらに速くなってきた。

蛇口からコップに、水を汲《く》んだ。口まで持っていった。飲まずに流しに捨てた。

目の前が、暗くなった。何も見えなくなった。身体が震えだした。

また、見えるようになった。いつのまにか、居間の畳に倒れていた。うつぶせに、なっていた。起きようとしても、身体が動かなかった。瞼も、動かなかった。指も、動かなかった。

寒くなってくる。また目の前が、暗くなった。

白い光が閃《ひらめ》いた。

わたしは、赤い屋根を見あげた。わたしがこの世に生を受けた家。赤ん坊、幼児、小学生、中学生、高校生のわたしが、家族に囲まれて過ごした家。大学を出て、大人として一年間、過ごした家。何も変わっていなかった。電線に留まったカササギが、長い尾羽根を上下に振っている。

わたしは、引き戸を開けた。足を踏み入れた。黒ずんだ柱も、そのままだった。あのころと同じ匂い。同じ空気。

柱時計が鳴った。

わたしは靴を脱ぎ、家にあがった。居間を覗くと、父が背すじを伸ばして、新聞を広げていた。気難しそうな顔を傾げて、記事を読んでいる。わたしに気づくと、目だけあげて、小さくうなずいた。すぐ新聞に、目を戻す。

階段を、元気のいい足音が、駆けおりてきた。目の前に、飛び出してきた。立ち止まった。久美。

息を切らしている。信じられないという顔で、わたしを見ている。相変わらずの美しい目。青白い丸顔。細い身体。

「姉ちゃんっ！」

久美が歓声をあげた。子供のような笑顔を、弾けさせる。飛びあがった。わたしの首に抱きついてきた。

「やったあ、姉ちゃんが帰ってきた、姉ちゃんが帰ってきたあ！」

久美が、わたしにしがみつき、全身で叫んだ。無邪気な笑い声を、家中に響かせる。

「姉ちゃん、おかえりいっ！」

わたしの身体に、温かなものが、満ちていく。わたしは、久美を抱きしめた。久美の髪に、鼻を埋めた。幼いころから慣れ親しんだ匂いを、胸一杯に吸いこんだ。そして、笑いながら、囁いた。


ただいま。

終章　祈り

松子伯母を殺した犯人は、十七歳から二十一歳までの、男女五人だった。後藤刑事によると、うち三人の男は都内の大学生で、十七歳と十八歳の女はフリーターだった。女は二人とも、主犯格の二十一歳の男と出会い系サイトで知り合い、男の友人二人に紹介されたという。その友人の一人が千住旭町にマンションを借りていて、事件当日、五人はその部屋で飲んでいた。深夜になって花火をしようということになり、近くの千住旭公園まで出向いたところ、松子伯母と遭遇し、殺してしまったらしい。松子伯母を殺した理由は、わかっていない。裁判ではっきりさせられるだろうと、後藤刑事が言った。

事件から四カ月以上経過した十一月上旬、大学生の男三人の初公判があった。俺は、地下鉄霞ヶ関《かすみがせき》駅で龍さんと待ち合わせて、東京地方裁判所に向かった。昨日まで降り続いていた秋雨は、早朝までにあがっており、霞ヶ関駅を出たころには、透き通るような青空が広がっていた。

松子伯母を殺した連中が、俺や明日香と同世代だったという事実は、ショックだった。これから彼らと、実際に会うことになる。どんな奴なのか。できれば直接、聞いてみたい。どうして松子伯母を殺したのか。どんな気持ちがしたのか。自分たちのしたことを、どう思っているのか。松子伯母に、言いたいことはあるのか。

そして、おまえ達はいったい、何者なのか。

「明日香さん、もう大学をやめて、帰ってしまったのですね」

龍さんが、ぼそりと言った。

「ひとことでも、聖書を届けてくれたお礼を言いたかったのですが」

「勉強が忙しいんだよ。なにしろこれから、医者を目指すんだから」

「すごいですね。夢を夢で終わらせず、挑戦していくなんて、尊敬しますよ」

正直言って俺は、明日香の決断力に、圧倒されていた。俺にも子供のころに抱いた夢はあるが、いまからそれに挑戦できるかと問われれば、『無理に決まってるだろ』と冗談にするしかない。夢には捨て時がある。夢を捨てられたとき、はじめて大人になれる。そんな文章を、読んだことがある。嘘だよな、と思う。

「私は、十五歳のときに何かが少しだけ狂ってしまい、それが時間とともに、取り返しのつかないくらい、大きくなってしまいました。もし、明日香さんのような知恵と勇気があれば、どこかで修正できたかも知れないのに……」

「でも龍さんは、りっぱに修正したじゃない？　ちょっと遅かったけど」

「私の力じゃありませんよ。神様が助けてくださったのです」

俺は、あっと声を漏らした。

「どうしました？」

「いま気がついたけど、明日香も神様の力を借りて、決断したんだよ」

龍さんが、首を傾げる。

「俺が明日香といっしょに、龍さんの聖書を教会に届けたとき、牧師さんに勧められて、お祈りの真似事をしたんだ。その帰り、明日香が言った。神様は教会にいるのではなくて、自分の心の中にいる。悩んでいるときにお祈りをすることで、自分の心の声を聞くことができる。明日香はきっとそのとき、迷いを吹っ切って、医者を目指すことを決めたんだ。とつぜん帰省したのは、家族に自分の決断を理解してもらうためだったと思う」

「そうでしたか」

「だから、もし龍さんが聖書を落としていかなかったら、明日香もこんな決断はしなかったかも知れないね」

「……すみません」

俺は、大げさに手を振った。

「そういう意味じゃないよ。俺は明日香の夢を、応援してるんだから」

龍さんが、嬉しそうにうなずく。

「離れてしまうと、お付き合いも大変ですね」

「別れることにした」

龍さんが立ち止まった。怪訝《けげん》な目で、俺を見る。

「なぜですか？　好きなんでしょ。お互いに」

「いま龍さんが言ったとおりだよ。距離がありすぎて、簡単に会えないから。たしかに俺たちはいい感じだったけど、明日香は受験勉強に没頭しなきゃいけないし、そういう現実を考えると、付き合い続けるのは難しいってことになって。それに俺たちは、まだ若いしさ」

「明日香さんと別れても、またすぐに別の人が見つかると、思っていますか？」

「……まあ、ね、女の子は明日香だけじゃないから」

「明日香さんは、この世に一人しかいませんよ。明日香さんに似ている人はいるかも知れないけれど、明日香さんはたった一人です」

「それはそうだけど……」

「私を反面教師にしてください。人生に出会いはたくさんありますが、ほんとうにいい出会いは数えるほどです。明日香さんとの出会いは、笙さんにとって、数少ない、よい出会いの一つではないのですか。もっと大切にしなくて、いいのですか？　このまま明日香さんを失っても、後悔しませんか？」

俺は俯いて、黙りこんだ。

「すみません」

龍さんが、あわてたように言った。

「余計な口出しをしてしまいました。笙さんと明日香さんが決めたことですから、私がとやかく言うことではありませんでした」

龍さんが、小さく頭をさげて、歩きだす。

俺は、龍さんの少し後ろを、付いていった。

龍さんに言われなくとも、そのくらいはわかっている。でも明日香は、これから勉強が大変だし、俺が邪魔しちゃ悪い。

いや、そんなの嘘だ。俺は、明日香と恋人同士でいたい。でも、もし遠距離恋愛を続けたとしても、明日香が地元で新しい恋人に巡り会うかも知れないし、医学部に入ったら優秀な連中がごろごろいるだろうし、こっちだってどんな出会いがあるかわからない。そのとき、互いの存在が重荷になったり、憎しみ合ったりするようなことは嫌だ。いまなら、楽しい思い出として、関係を終えることができる。要するに、遠距離恋愛を成就させる自信がないのだ。

いや、これも本音じゃないな。もっともらしい理屈をつけて、ごまかしているだけだ。自分で自分の気持ちがわからない。整理がつかない。ぐちゃぐちゃだ。

「ここですね」

龍さんの声で、我に返った。

その無機質なビルは、東京高等裁判所との合同庁舎になっていた。建物の入り口付近に、守衛が立っている。裁判所。人が人を裁く場所なのだ。

入り口は、職員用と一般来訪者用に分かれていた。俺と龍さんは、一般来訪者用の自動ドアを通った。守衛は、ちらとこちらを見ただけで、何も言わなかった。

入ったところで、警察官のような制服を着た職員が、何人も集まっていた。手荷物検査だという。俺は何も持っていなかったが、龍さんが小さな書類鞄を持っていたので、それを渡した。荷物は、すぐ脇のベルトコンベアに載せられ、エックス線透視装置に通された。俺と龍さんは、金属探知機のゲートをくぐった。何も鳴らなかった。

「どうぞ。結構です」

ゲート担当の職員が、丁寧な口調で言った。龍さんが、手荷物検査担当の職員から、書類鞄を受け取った。

手荷物検査を過ぎたところは、吹き抜けのロビーになっていて、天井が異様に高かった。だだっ広い空間のあちこちで、スーツ姿やラフな格好の男女が、立ち話をしている。俺と同じように、ジーパン姿の若い男もいた。入って正面に、守衛ボックスがあった。

「あそこで調べるんですよ」

龍さんが、迷いもせずに、守衛ボックスに向かう。若い守衛が座っていたが、俺たちが前に立っても、何の反応もしない。龍さんが勝手に、ボックスの上に並べてある、公判開廷予定表を開いた。俺は、横から覗きこんだ。

この表には、裁判の行われる法廷、担当裁判官の氏名、時間、事件名、罪名、被告人名などが記されていた。開廷時間は後藤刑事から教えられていたので、被告人の名前を見て、該当する裁判を探した。後藤刑事から『わるい。法廷の場所は裁判所で探してよ』と言われていたからだ。

龍さんが、ページをめくる手を止めた。指さした先に、被告人の名前を見つけた。

橋本雅巳《まさみ》。ほか二名。

これが、松子伯母を殺した奴の名前。

見たことも、聞いたこともない。

罪名欄には、殺人。事件名欄には、リンチ殺人事件とある。リンチという言葉が、冷たく浮きあがっていた。開廷時間は、午後三時。法廷は、四〇×号法廷。

俺と龍さんは、エレベーターで四階にあがった。扉が開くと目の前に、物音ひとつしない空間が広がった。天井の高い、幅広の廊下が、左右に百メートルは延びている。その冷たい空間には人影もなく、ひっそりと静まり返っていた。

天井からさがっている掲示板に、法廷番号の案内が記されている。矢印に従って進むと、ガラスの両開き扉があった。扉を押し開けて進んだところが、法廷の並ぶフロアだった。

各法廷の出入り口は、傍聴人用と、弁護人・検察官用に分かれている。傍聴人用の扉には、四角い覗き窓がくりぬいてあった。

俺は法廷番号を確かめ、覗き窓を開けて、中をうかがった。灯《あか》りは点っているが、誰もいなかった。

「誰もいないけど……」

「時間が早かったようですね。入って待ってましょう」

俺と龍さんは、扉を開けて、法廷に入った。誰もいないと思っていたが、眼鏡をかけた女性職員が一人、動き回っていた。開廷の準備をしているらしい。

傍聴席は三列、四十席くらいあった。傍聴席と法廷は、低い木の柵《さく》で隔てられている。俺と龍さんは、真ん中の列の、いちばん後ろに座った。

弁護人・検察官用のドアが開いた。豊かな白髪を後ろに撫でつけた、いかにも紳士という雰囲気の男性と、若い男性二人が、入ってきた。いずれもグレー系のスーツに身を包んでいる。向かって左側の席に着いた。

「被告側の弁護人です」

龍さんが、囁いた。

左手の傍聴人用の扉が開いた。年配の男女が入ってきた。男性は五十代半ば。値の張りそうなスーツを着て、胸を反り返らせている。俺たちに目を留めると、口をへの字に曲げた。女性はまだ五十歳には届いていないようだが、顔に精気がない。目線は宙をさまよっていて、ただ男性の後に付き従っているだけといった感じだった。二人が揃って、弁護人に頭をさげた。白髪紳士の弁護人が、手を軽くあげて応える。年配の男女は、左側の最前列の席に、腰をおろした。

開廷の時間が近づくにつれて、傍聴人が増えてくる。犯人の両親や、親族、友人と思しき人たちもいた。最初に入ってきた年配の男女は、弁護人となにやら話している。

「こんなことで、あの子の将来に傷がつくなんて……」

ハンカチを目にあてている中年女性に、白髪の弁護人が慈しむような顔で、言葉をかけている。

「これは事故なのよ」

どこからか、女性の声が漏れ聞こえた。やはり、犯人の親族らしい。

弁護人・検察官用のドアが開いた。濃いグレーのスーツを着た若い男が入ってきた。手に分厚い書類を抱えている。法廷を横切って、向かって右側の席に着いた。検察官だ。髪は短く、色も白い。頬が痩けていて、どことなく不健康そうだが、目だけは大きく、エネルギーを感じさせた。

検察官席の近くにあるドアが開き、黒いマントのような服を着た男性が、台車を押して入ってきた。台車には、書類が積みあげられている。男性はそれを、いちばん高い壇に並べていった。それが終わってから、一段低い壇についた。書記官らしい。

書記官の入ってきたドアが、ふたたび開いた。警察官のような制服を着た二人の廷吏が、男を挟むようにして、入ってきた。男は三人。

「こいつらが……」

「犯人です」

松子伯母を殺した奴ら。手首には手錠がかけられ、腰には黒っぽい縄が結ばれている。

最初の男は、ジーンズに白い長袖のトレーナー姿。短い髪の先だけが、金色に染まっている。体つきは華奢《きゃしゃ》なくらいで、顔色も悪い。縁なし眼鏡のせいか、秀才タイプにも見える。

二人目は、紺色のスーツを着ていた。髪はごく普通だが、背が高く、顔は日に焼けて浅黒く、体つきもがっちりとしていて、野球でもやっていそうだった。

三人目は、細身のジーンズに、スタジャンを羽織っていた。三人の中ではいちばん背が低く、痩せていた。は虫類のような顔を傾げ、口元を歪めながら、入ってきた。

三人とも、まったく見覚えがなかった。

こいつらの足が、松子伯母の内臓を蹴破《けやぶ》ったのだ。こいつらさえいなければ、松子伯母は今でも、生きていたはずなのだ。

俺の心臓が、暴れ始めた。心は冷静なのに、心臓だけが興奮していた。

三人は、廷吏に手錠と腰縄を外されてから、被告人席に座った。柵のすぐ向こうだ。

法廷正面の扉が開き、三人の裁判官が入ってきた。

「起立」

さっき動き回っていた女性職員が、声をあげた。

法廷にいた全員が、立ちあがる。

黒い法服を着た裁判官が、いちばん高い壇に着席すると、みなも腰をおろした。

「揃っていますね？」

真ん中に着席した裁判官の声が、法廷に響いた。弁護人と検察官が、神妙な面持ちでうなずく。

「はい、それでは開廷します。被告人、立ってください」

三人が、腰をあげた。背中を丸めて、俯いている。

「順番に、本籍、住所、職業、氏名を述べてください。まず、左端の方から」

「ええと……本籍は、神奈川県横浜市、港北区、日吉本町一丁目××番×号。住所は、東京都文京区、本郷三丁目××番×号、サンライズコーポ三〇二、大学生です。名前は、橋本雅巳」

最初に、秀才タイプが答えた。橋本雅巳の声は軽く、深刻な響きはなかった。それどころか、大学の講義で講師の質問に答えているような、媚《こび》と甘えがあった。少なくとも俺は、そう感じた。

裁判官が、名前を復唱し、漢字を確認してから、では次の方、と促す。

がっちりした男は須藤典之《のりゆき》、は虫類のような男は森陽介《ようすけ》、とそれぞれ名乗った。須藤典之は兵庫県、森陽介は富山県に本籍があった。

「検察官、起訴状を朗読してください」

若い検察官が、立ちあがる。

「左記被告事件につき公訴を提起する。公訴事実。被告人・橋本雅巳、須藤典之、森陽介の三名は、平成十三年七月九日午後十一時三十分頃、東京都足立区千住旭町三十番の千住旭公園において、二名の未成年女子とともに花火に興じていたところ、東京都足立区日ノ出町××番ひかり荘一〇四号、川尻松子、当時五十三歳に対し、自分たちが屯《たむろ》している公園に勝手に入ってきて、かつ、自分たちを無視していることを生意気と感じて殺害を決意し、集団で殴る蹴るなどの暴行を繰り返して、内臓破裂による失血性ショックを与え、意識を失った被害者を死んだものとみなし、千住旭公園の公衆便所内に放置した。被害者はその後、いったんは意識を取り戻し、自宅まで歩いて辿り着いたが、そこで力尽き、死亡したものである」

「罪名と罰条を」

「罪名、殺人。罰条、刑法第一九九条」

検察官が、着席した。

裁判官が、咳払《せきばら》いをする。

「これから審理に入りますが、その前に被告人に注意をしておきます。被告人には黙秘権があります。審理中、被告人は様々な質問を受けますが、答えたくないことは答えなくてかまいません。また話したいことがあるのなら、裁判所の許可を受けて、いつでも話すことができます。ただし、被告人がこの法廷で述べたことはすべて、有利不利に拘わらず、この事件の証拠になるので、よく考えて発言してください。よろしいですね」

三人が、揃わない声で、はい、と応えた。

「では尋ねます。朗読された公訴事実に、間違いはありませんか？　何か異議があれば、述べてください。まず、橋本さん」

「あのう……殺すつもりは、ありませんでした。死ぬなんて、思わなかったんです。ただ、遊びの延長のつもりで、みんなで盛りあがっていたから、ついでにちょっと、からかってやろうと思っただけで……。軽い気持ちだったんです。ほんとうに、あんなことで死ぬなんて……でも、申し訳ないことをしたとは、思っています」

俺は、息を呑んだ。心臓が凍りついた。

なに言ってるんだ、こいつ。

「弁護人はいかがですか？」

弁護人が立ちあがった。あの白髪紳士。

「ただいま被告人が述べましたとおり、殺意については否定します。詳細につきましては、冒頭陳述の際に述べたいと思います」

須藤典之も、同じように、殺意を認めなかった。須藤典之の弁護人を務めているらしい若い男性も、白髪紳士と同じことを口にした。森陽介も同じだった。判で押したように、殺すつもりはなかった、軽い気持ちでからかっただけだ、でも、申し訳ないことをしたと反省している、と繰り返した。

「では、被告人は着席してください」

橋本雅巳、須藤典之、森陽介が、軽く頭をさげる。橋本雅巳が、耳の後ろを、指で掻いた。

「ちょっと待てよ」

声が聞こえた。

俺の声だった。

「なにが、申し訳ない、だよ」

「笙さん」

龍さんが、俺の腕をつかむ。

「傍聴人、静粛に」

俺は立ちあがった。

龍さんが俺の身体を抑えた。

「笙さん、落ち着いて！」

「ふざけんじゃねえよっ！」

三人が振り向いた。目を丸くした。

「おまえら、自分が何をしたかわかってんのかよっ！　からかったくらいで人が死ぬかよ、松子伯母さんがどんな気持ちで……おまえらなぁっ！」

「傍聴人に退廷を命じます！」

廷吏が飛んできた。

俺は両腕をつかまれた。席から引き離された。

橋本雅巳、須藤典之、森陽介が、口を開けて、ぽかんとしている。その姿が、遠ざかっていく。小さくなっていく。

「なんとか言え、この野郎っ！」

目の前で、扉が閉じられた。

俺は、法廷の外に、取り残された。煮えたぎった怒りが、行き場を失っていた。俺の身体の中で、荒れ狂っていた。扉に向かって拳を振りあげた。

腕を止められた。

龍さんだった。

「笙さん」

龍さんが、首を横に振った。

「もう行きましょう」

俺は、龍さんの腕を、振り払った。龍さんを睨んだまま、扉に指を突きつけた。

「あんな奴を、許すって、言うんですか？　神様は、遊び半分で人を殺すような奴まで、許すんですか？」

声が震えた。

龍さんが、哀しそうな目をした。

「許せない人間を許す。それが……」

「いやだ」

「……笙さん」

「俺は許さない。あいつらを絶対に許さないっ！」

龍さんが、黙ってうなずいた。

俺は、龍さんの横を抜けた。ガラスの扉を押し開けた。廊下を走った。階段を駆けおりた。裁判所から出た。闇雲《やみくも》にアスファルトを歩いた。怒りにまかせて、突き進んだ。どこをどう歩いているのか、わからなかった。しかし、止まらなかった。止まったら、身体が爆発しそうだった。

いつのまにか、陽が沈んでいた。高層ビルの黒い影が、残照に浮かんでいた。車のヘッドライトが、列を作っていた。

俺は雑踏のなかを、ひたすら進んだ。人の笑い声。話し声。車のクラクション。ブレーキ音。都会の騒音と喧噪が、すれ違っていく。

悔しかった。

俺は、ただひたすら、悔しかった。

涙が溢れて、前が見えなくなった。立ち止まった。両手で目を拭いた。

そのときだった。

体の中を、風が吹き抜けていった。

俺は、息を止めた。

ゆっくりと、空を見あげる。

いま、たしかに聞いた、と思った。


ことり、という優しい響きを。

あとがき

昭和四十年代の鉄道事情について、貴重な助言をしてくださった川口明彦さんに、この場を借りて心より感謝を申し上げます。

なお、この作品はフィクションであり、作中に登場する人名、地域、施設、省庁および設定等は、実在のものとは一切関係ありません。地方検察庁における公判資料の閲覧手続きについても、実際には作中の描写より時間のかかる場合が多いことを、お断りしておきます。

参考文献

『郷土大野島村史』　武下一郎　非売品

『うれしなつかし修学旅行』　速水栄　ネスコ

『博多チンチン電車物語』　平山公男　葦書房

『なりたい!!　理容師・美容師』　大栄出版編集部　大栄出版

『美容師』　山野靖子　実業之日本社

『トルコロジー』　広岡敬一　晩聲社

『戦後性風俗大系』　広岡敬一　朝日出版社

『東京夜の駆け込み寺』　酒井あゆみ　ザ・マサダ

『逮捕《パク》られたらどうなる』　安土茂　日本文芸社

『長い午後』　早瀬圭一　毎日新聞社

『実録塀の中の女たち』　花田千恵　恒友出版

『女子刑務所』　藤木美奈子　講談社

『塀の中のイラスト日記』　野中ひろし　日本評論社
『実録！　刑務所のなか』　別冊宝島編集部　宝島社
『現代ヤクザのウラ知識』　溝口敦　宝島社
『実録シャブ屋』　木佐貫亜城　ぴいぷる社
『特集アスペクト71　シャブQ&A』　アスペクト
『薬物依存』　近藤恒夫　大海社
『うつ病者の手記』　時枝武　人文書院
『愛されて、許されて』　鈴木啓之　雷韻出版
『図解裁判傍聴マニュアル』　鷺島鈴香　同文書院
『生化学辞典第二版』　東京化学同人
『東電OL殺人事件』　佐野眞一　新潮社
『TOKYO　OMNIBUS　一人で来た東京』　小林紀雄　リトル・モア
『東京装置』　小林紀晴　幻冬舎

この作品は二〇〇四年八月幻冬舎文庫に所収されたものです。

[新装版《しんそうばん》]嫌《きら》われ松《まつ》子《こ》の一生《いっしょう》(下)

山田宗樹《やまだむねき》

令和5年7月10日　初版発行

発行人――石原正康
編集人――高部真人
発行所――株式会社幻冬舎
〒151-0051東京都渋谷区千駄ヶ谷4-9-7
電話　03(5411)6222(営業)
　　　03(5411)6211(編集)
公式HP　https://www.gentosha.co.jp/
印刷・製本―図書印刷株式会社
装丁者――高橋雅之

幻冬舎文庫

ISBN978-4-344-43308-3　C0193　や-15-15